"故事知道怎么办"

亲子阅读系列

给自己当邮递员

汤素兰 周 静 主编

湖南少年儿童出版社
HUNAN JUVENILE & CHILDREN'S PUBLISHING HOUSE

图书在版编目（CIP）数据

给自己当邮递员 / 汤素兰，周静主编.—长沙：湖南少年
儿童出版社，2014.11
　（"故事知道怎么办"亲子阅读系列）
　ISBN 978-7-5562-0476-2

Ⅰ.①给… Ⅱ.①汤… ②周… Ⅲ.①儿童故事–作品集–
世界 Ⅳ.①I18

中国版本图书馆CIP数据核字（2014）第193028号

给自己当邮递员

策划编辑：吴双英　杨　巧
责任编辑：杨　巧　吴　浩
视觉统筹：刘　璐
插图绘制：石　沛
封面设计：赵　隽
版式设计：赵　隽
质量总监：郑　瑾

出版人：胡　坚
出版发行：湖南少年儿童出版社
地　　址：湖南长沙市晚报大道89号　邮编：410016
电　　话：0731-82196340（销售部）82196313（总编室）
传　　真：0731-82199308（销售部）82196330（综合管理部）
经　　销：新华书店
常年法律顾问：北京市长安律师事务所长沙分所　张晓军律师

印　　制：长沙湘诚印刷有限公司（长沙市开福区伍家岭新码头95号）
开　　本：710×1000　1/16　　　　印　张：9
版　　次：2014年11月第1版
印　　次：2014年11月第1次印刷
定　　价：18.80元

好故事是一座桥

周静

家里订阅了一份报纸，每天都会有新报纸送过来。

爸爸下班回来，吃过饭就习惯性地拿起报纸翻翻看看。

怎么办？

孩子很讨厌报纸，她把报纸藏起来、丢掉、撕坏，但总有没处理掉的，被爸爸找到。于是，爸爸又被报纸遮住了。

一天，我和孩子一起读了一篇故事《爸爸的报纸》，讲的是喜欢看报纸的爸爸如何将报纸变成与孩子游戏的道具的故事。

孩子高兴极了，嚷嚷着"要和爸爸读这个故事"。

于是，问题解决了。他们有时候会一起看报纸，然后玩报纸。报纸成了亲子游戏的桥梁。

又有一次，我们在楼下碰到小区的一个小朋友拿着一支造型很别致的泡泡枪。孩子嚷嚷着要，这怎么行！

我拒绝了，但我们两个都为此感到不高兴。

当时，我正好收到汤素兰老师的《小巫婆真美丽》这本书。拿起来翻开第一个故事，我乐了。故事里的小巫婆真美丽想收到一封信，因为她的邻居们都收到过信了。没有人给真美丽写信，怎么办？好办，她自己写。为了让自己的信来自很远的地方，她甚至骑着扫帚去了北极，然后再飞回来，给自己当邮递员寄信。

小巫婆自己想办法去寻找、创造自己想要的东西。

我给孩子读了这个故事。我们聊了聊之后，找出她的旧泡泡枪，用彩纸和颜料重新装饰了一番。她可高兴了。

还有一次……

我慢慢地意识到，故事可以成为和孩子沟通的桥梁。

就在这时，我买到了一本书——美国教育家苏珊·佩罗的《故事知道怎么办》。在书里，她讲述了怎么样创造故事来帮助孩子解决生活中遇到的各种心理问题。

创造故事，这事挺难。

于是，我就收集故事。

这不难。从十多年前开始，我就开始大量接触儿童文学作品。我熟悉那些优秀的作品和作家。

我打开我的书柜，从里面翻找出许多故事，然后将它们分类、整理成一个个单元。每个单元都有特别的主题。

我并不是按顺序和孩子分享这些主题里的故事，而是根据她的需要找出合适的单元故事来阅读。

比如，她去了外婆家，接触到外婆的朋友——那些各种各样的奶奶。于是，我们就会读一读"老奶奶单元"，讲一讲各种各样的老奶奶的故事。

这真的有效。她和那些奶奶们接触的时候，放松了不少，不再躲在外婆的身后，而是站在旁边观察她们。

我开心极了。

于是，寻找故事的劲头更足了。

春天里，我会选择与"种植"相关的主题故事。

烤饼干的日子，我会选择与"食物"相关的主题故事。

节日里，我会选择与"节日"相关的主题故事。

孩子情绪低落的时候，我会选择与"勇气"相关的主题故事。

……

我发现，故事只是一个引子。从故事开始，我们会进行或长或短的讨论。在讨论中，孩子慢慢形成自己的意见，有了更多的勇气，开始喜欢说"我觉得"。

这感觉真好。

很幸运，湖南少年儿童出版社愿意将我寻找的这些故事，按照我的组合方式结集出版。

这套书里的故事，是我精心寻觅的。我从我满满两堵墙的书柜里，找出的这些故事，充满了力量、理解和温情。

苏珊·佩罗说，从远古时期开始，故事家和治疗者的角色就交织在一起。鼓舞人心的故事即便只有一分钟长，也能让讲述者和听众双方都朝更好的方向转变。想象力中蕴含着无尽的资源，可以让每一种问题都变得像画面一样清晰，让那些被忽略或压抑，却能带来改变的智慧从黑暗中显现。

我亲爱的朋友，我希望你能感受到这种智慧的馨香。

希望我寻觅的这些故事能帮助你更贴近你的孩子的内心，

引领他们内心的成长，让他们的精神、性格强大而温和。

我在《绘本之力》里，读到日本儿童文学家松居直先生八十岁时回忆母亲为他读书的场景。他说：

"妈妈通常都是为了哄我入睡才念书的，所以，我都是窝在被窝里听的……

"平常，我很难和母亲有类似这样的共处时光，所以那称得上是我仅有的可以独占母亲的时段，因此，我总是睁大眼睛瞧，竖直耳朵听。

"用耳朵听应该比用眼睛读更能逼近语言的本质。很幸运的，我在幼儿时期，就通过耳朵充分享受到聆听语言的乐趣。"

多么美好的回忆！

这样的美好，源自于坚持。一个故事接着一个故事，一个夜晚接着一个夜晚，温情、理解和交融，将会在每日絮絮的言语中流淌。

祝福每一个妈妈，祝福每一个孩子！

致谢辞

感谢您和孩子一起分享这套亲子阅读故事书，希望这些精心挑选的非常有爱的故事能给您和孩子带来快乐。但由于时间仓促和水平有限，难免有些不足和不当之处，敬请批评指正，以便在以后的工作中做得更好。由于急于想让这些美好的故事尽快和亲爱的孩子们见面，有部分作者没能及时联系上，敬请享有著作权的作者尽快与湖南少年儿童出版社汤素兰工作室联系，以便向您奉寄稿酬和样书。联系邮箱：gongzuoshi2013@sina.com，万分感谢！

目　录

一、我就是我

——认识自我，喜欢自己

有时候妈妈说"我"长大了，有时候妈妈又说"我"还小，"我"到底是大还是小呢？

鞋子穿着太紧了，脚是什么时候长长的呢？

艾米要上学了，学校会是什么样的？

汤米去了学校，为什么又独自回家了呢……

本单元的主题是"成长"。

成长过程中，难免要遇到很多烦恼，需要勇气、鼓励和爱。倾听孩子说话，让孩子慢慢长大，非常重要。

我们可以从这些故事出发，和孩子说一说他们的烦恼，分享他们的快乐。

我就是我

（瑞士）米瑞安·莫尼尔 / 著
漪然 / 译

嘿，这是我。

我已经长大了。

不过有时候，我又觉得自己很小。

实际上，我也不知道自己是大还是小。

妈妈会这样对我说："你是个大姑娘了，自己下楼梯吧。"

可我倒很希望像小时候一样，被妈妈抱下楼去。

还有一次，妈妈对我说："你不要老是玩嘴里的泡泡糖，像个邋遢的小丫头一样。"可我喜欢用泡泡糖拉出一条条漂亮的细线，只是我还不会用它来吹泡泡。

我最喜欢把通心粉套在手指头上吃，妈妈看见了总会说："你吃东西的样子怎么像个小娃娃，你都这么大了，要学会用叉子吃通心粉嘛。"

可那样一来，通心粉吃起来就没什么味道了。

商店里的大叔说："你真是个大姑娘啦，都会帮妈妈买东西了！来，给你个棒棒糖吧。"

棒棒糖真甜！可妈妈不喜欢它，她说棒棒糖会让我长蛀牙的。

所以，我藏了一小块糖，等妈妈走了，再找个安静的地方慢慢舔。就在这时，走来一个老太太，对我说："你这个小丫头，怎么能一个人待在这儿，你妈妈上哪儿去了？"

我有点郁闷了，每个人的说法都不一样，我怎么才能知道，我究竟是大姑娘了，还是小丫头呢？

在楼梯口，我遇见了住在楼下的男孩子，我问他要不要和我一起玩游戏，他却说："你会玩什么游戏啊，你根本就是个黄毛丫头。"说着，他就一转身，把我关在了他的房门外。

我难过地去找妈妈，我想和她玩抓强盗的游戏。可妈妈不耐烦地回答："我还有好多事情要做，你已经长大了，自己玩去吧。"

我受够了。

我冲进我的房间，"嘭"地一下关上门，一头倒在床上。

我再也不想听他们说什么了。

妈妈走过来，问我究竟发生了什么事，因为我在哭。

我告诉她，我要一直躺着，等到我变得和她一样大，那时候，我就知道自己真的不是个小丫头，也就有好多人愿意和我玩了。

妈妈把我抱在怀里，对我说："你就是你，不管你是大姑娘还是小丫头，不管你是淘气包还是乖乖女，不管你是在赌气还是在撒娇，你都是我在这个世界上最宝贝的好女儿！"

第二天，我们又一起去买东西了。回家的时候，我和妈妈手拉手，一起上楼梯。楼下的男孩子还在门口站着，可我现在不用找他也玩得很开心。

有时候，我好像还是个小娃娃，我真希望快点长大，可有时候，我又好像大得过了头，做大姑娘的感觉可一点也不好玩，我真想重新缩回去。

有时候，想知道自己是长大了还是没长大，真是很困难的一件事，这让我觉得很难过。幸好，妈妈抱住了我，非常坚定地对我说，不管我是大还是小，我就是我。

我是什么时候长大的

（美国）吉尔·皮普林斯金 / 著
朱孝萍 / 译

安妮穿上自己的运动鞋。咯吱咯吱，她的脚指头挤在了一起。

安妮问爸爸："我的鞋子太紧了。我的脚是什么时候长长的？"

"昨天你睡觉的时候。"爸爸说，"我们今天下午就去给你买双新鞋子。"

为什么我不记得昨天晚上脚长了呢？安妮想。她只记得妈妈为她盖好被子。

安妮跑出去玩。她正在荡秋千的时候，奶奶回来了。

安妮问奶奶："奶奶，我的鞋子太紧了。我的脚是什么时候长长的？"

"当你在新鲜的空气和暖和的阳光下玩的时候，就像现在。"奶奶说，"你的运动衫看起来也开始变紧了。"

安妮进屋吃东西，她的姐姐安吉拉正在做三明治。

安妮问姐姐："安吉拉，我的鞋子太紧了。我的脚是什么时候长长的？"

"你昨天吃午饭的时候。"安吉拉说，"我做了两个火腿三明治，都被你吃掉了！"

安妮记得那两个三明治，但她不记得吃三明治的时候自己的脚长长了。

晚上，当妈妈来为安妮盖被子的时候，安妮正对着爸爸给她买的运动鞋笑。

"妈妈，我的脚是什么时候长长的？"安妮问。

"你一直都在长大，"妈妈说，"但是，只有当……"

"当我的脚指头挤在一起，我又得到新鞋子的时候，我才会知道！"安妮高兴地说。

上学有趣吗？

（美国）唐娜·弗雷德曼 / 著
李荷卿 / 译

艾米就要去学校上学了，她不知道学校是什么样的。

艾米问哥哥："上学有趣吗？"

"你能在学校玩到新游戏。我就在学校里学会了踢足球。"哥哥说完就跑出去了。

一个邮递员给艾米家送来了一封信。艾米接过信，问邮递员："上学有趣吗？"

邮递员笑着回答："在学校，你能学会写字，你就可以自己写信了。"

艾米把信拿去给爸爸。

"爸爸，上学有趣吗？"艾米问。

"你会喜欢学校的。"爸爸说，"在那里，你会学会唱歌和画画。"

吃晚饭的时候，艾米帮奶奶摆餐具。

"奶奶，上学有趣吗？"艾米问。

　　"上学是一件令人兴奋的事情，"奶奶说，"你能在学校里交到许多朋友。"

　　那天晚上，妈妈为艾米读了一个故事。听完故事后，艾米问妈妈："妈妈，上学有趣吗？"

　　"学校里老师会教会你认字，你就可以读故事给我听了。"妈妈说。

　　艾米不知道大家为什么都不回答自己的问题——上学到底有没有趣呢？

　　艾米想着，我喜欢踢球，我喜欢唱歌和画画，我喜欢交新朋友，我喜欢写字和认字，所以……艾米跑下楼，大声说："嘿，我真希望现在就能开学。听起来上学好像很有趣呀！"

识　字

（美国）汤米·狄波拉／著
袁佳好／译

　　提起上学我就特别兴奋，因为我知道在学校可以学识字，我真的很想识字，这样我就不用老是等妈妈读故事给我听了。

　　开学的日子到了，我要去上学前班的下午班。妈妈和我一起去金恩街。来到转角的时候，我说："我知道怎么走（学校就在街尾而已），我想自己去。"妈妈说可以，就停下来，看着我走向街尾。我到学校的时候，她跟我挥了挥手。

　　我走上正门前那道长长的阶梯。飓风来的时候，那个拿着伞的小男孩就是从这道楼梯上飘下去的。我不知道学生是不应该走那道阶梯的，它们是给总统或是英国国王，尤其是学校的校长走的。

　　我拉开厚重的前门走进去。有位女士站在那儿。"你是谁啊，小男孩？"她问。

　　"我是汤米·狄波拉。"我回答说，"那你是谁啊？"

　　"我是校长，柏克小姐（在接下来的七年里我跟她变得很熟）。"

柏克小姐告诉我以后不要再走前门了，然后告诉我学前班的教室在哪里。

那间教室里全是哇哇大哭、死抓着妈妈不放的小孩子，天啊！我想，真是幼稚。那时我还没想到，我会跟那些孩子同校好几年呢！

我朝一位看起来像老师的小姐走过去。她真的是老师！

"我们是谁呢？"她问。（她总是用"我们"，比如"我们现在睡午觉啦"，或是"我们一定要把椅子排成一个圆形"……）

"我是汤米·狄波拉。"我说。

"哦，我们可真是有缘啊！"她说，"你哥可乔上学前班的时候，我也教过他呢（她说的就是巴迪）！"

这个嘛，我想她会发现，我哥哥和我非常不一样。不过这需要时间。

"我们什么时候学识字呢？"我问。

"哦，在学前班，我们不学识字！我们明年才学，就是一年级的时候。"

"好吧，"我说，"那我明年再来。"然后我就直接走出学校，回家去了。

没有人在家，爸爸还在理发店里上班，妈妈去逛街了，她已经很久没有独自出门逛街了。

学校把电话打到理发店找我爸爸，爸爸又找到了妈妈，然后他们就怒气冲冲地回到哥伦布大街的公寓。

我正捧着一本妈妈的大书，盯着它看，一心希望我可以自己学会识字。

当我把发生的事告诉爸妈后，爸爸说："交给你来处理吧。芙萝丝。"然后他就回去工作了。

妈妈在我旁边坐下来。"知道吗？"她说，"如果你不上学前班，你就会不及格，你不及格，就不能上一年级，这样你就永远不能学识字啦！"

所以我就回学校了。

光荣的豁口

（美国）马克·吐温 / 著
成时 / 译

"包莉姨妈，我的牙烂了，疼得可凶啦。"汤姆告诉包莉姨妈。

"你的牙，哼！你的牙怎么啦？"

"有一颗活动啦，疼得要命！"

"行啦，行啦。别再开始哼哼啦，张开嘴。不错——那颗牙真的活动啦。不过就这，你不会疼死。玛丽，拿根丝线给我，再从厨房取块火炭来。"

汤姆喊起来："哎哟，姨妈，求求您，别拔掉它。它已经不疼啦。它要再疼的话，我也不会闹腾的。求您别拔，姨妈，我没想待在家里不上学啊！"

"噢，你没想，是不是？原来你是为了待在家里不上学才捣的乱？汤姆啊汤姆，我这么疼你，你呢，看来是变着法儿要做些可恶透顶的事来伤我的心。"

这时候，拔牙的工具已准备就绪。老太太把丝线的一头打个圈牢牢系在汤姆的牙上，另一头拴到床柱上。然后她夹过那团火炭，突地往孩子的面前一伸，差点儿碰着。这一来，那颗牙已经晃晃悠悠地吊在床柱上了。

不过，所有的磨难都会带来补偿。吃过早饭，汤姆上学去。哪个孩子见了他都眼红，因为，他上牙间的豁口，使得他吐起唾沫来与众不同，让人羡慕。

汤姆身后聚了一大群对这种表演感兴趣的小家伙。有一个割破手指的小孩儿，刚才还是大家尊敬、喜爱的对象，一下子发现自己没有了追随的人，而失去了荣光。他的心沉甸甸的。他装出鄙夷不屑的口气说，像汤姆·索亚那样吐唾沫算不了什么。其实他并不这样认为。可另外一个男孩说了句"酸葡萄"，他只好像个丢盔卸甲的英雄似的走开了。

二、小松鼠和小黑熊

——和朋友快乐相处

有一头熊，喜欢上了一个叫本杰的男孩。

兔子莱哈想发明一台找朋友的机器。

小松鼠舔着小黑熊手掌上的"干糖果"。

弗洛格遇到了一个陌生人。

小王子和狐狸成了朋友……

本单元的主题是"朋友"。

在这组故事里，《有一头熊》和《小王子和狐狸》其实讲述了爱的两种相处方式。细细地给孩子读，不用去分析，只读故事就够了，孩子感受爱的能力超乎你的想象。

有一头熊

李铎声 / 编译

　　有一头熊，喜欢上了一个叫本杰的男孩。

　　每个夜晚，当银白色的月光照耀大地的时候，熊站在离男孩家不远的一片树林里，看着男孩的窗子轻声哼唱。

　　"声音真特别，真好听呀！"男孩听着从风里传来的熊的歌声，总能安然入睡。

　　男孩一次也没见过熊，熊躲着男孩，因为怕吓着了他。一次，熊听见男孩对妈妈说，星期天要到动物园去。

　　"啊！机会终于来了！"熊愉快地想。

　　星期天一早，男孩和妈妈随着人流走进了动物园。

　　站在熊馆前，男孩指着里面的一头熊，惊讶地叫道："妈妈，我听见它在跟我说话呢。"

　　妈妈不相信："熊哪会说话？"

　　"真的，妈妈，我听见它在说'带我回家吧'！"

　　一个穿工作服的饲养员走了过来，突然，他一动不动地站着，眼睁睁地盯着熊看。

"怎么多了一头熊？"他惊讶地说。

这天夜里，男孩躺在床上，久久不能入睡。因为，那个熟悉的声音再没出现。

熊去了哪里？哦，它真该知道，现在，男孩每天都在思念它……

发明家兔子莱哈

（德国）伊迪特·施莱博－维克／著
芦力军／译

兔子莱哈与其他兔子有些不一样。莱哈是个发明家。

发明家们总是有些与众不同。他们虽然看不到宇宙是什么样的，但知道它的规律，这就是发明家的不同之处。一只出类拔萃的兔子常常会感到孤独。莱哈就有一点孤独。

莱哈向田野望去，丘陵和柏树构成了一幅风景画。多美呀！莱哈很想告诉别人："瞧，多美的风景！"但无人应声。在这里我能发明出什么？莱哈想。

莱哈想找些朋友来玩。可以说，没有朋友的兔子就是一条丧家犬。"我知道我要发明什么了！首先发明一台真正的找朋友仪器。"莱哈开始思考该怎样设计这台仪器。他刚有了这个念头，就看到邻居在拔地里的胡萝卜。邻居伤心地看着手里的胡萝卜，叹口气说："胡萝卜上沾满了土，吃得满嘴都是土。"

莱哈想，应该帮帮这只兔子。

　　莱哈脑子一转，很快就发明出了著名的洗胡萝卜机。

　　随后，他又思考起找朋友仪器。想不出法子时，莱哈就出去散步。散步有助于思考，发明也是这样的。

　　"增加订单？"一个生气的声音喊道，"100 个？绝对不可能！"

　　原来是从事绘制复活节彩蛋这项传统手艺活儿的兔子。

　　像他这样的复活节兔子是不多见的。他坐在那里，用爪子拿着画笔，全身心地投入工作。

"我想，我最好变成圣诞节兔子。"他抱怨道，"需要画的鸡蛋堆得跟小山似的。"

莱哈想，应该帮帮这只兔子。

莱哈脑子一转，很快就发明出了著名的画复活节彩蛋机。

莱哈现在想：下一步我该发明找朋友仪器了。"离复活节越来越近了，在复活节兔子不喜欢孤独。"莱哈大声地说。

莱哈继续往前走。一对兔子坐在他们的窝前。莱哈想，他们的窝里肯定有其他动物。兔子夫妇告诉莱哈："我们刚刚幸兔于难，一只可恶的狐狸强占了我们的窝。"

莱哈想，竟有这样不讲理的事，应该帮帮这对兔子。

莱哈脑子一转，很快就发明了著名的 FAM 兔子城堡机。FAM 没别的意思，就是防御狐狸的缩写词。

莱哈想：我现在真的不能再分心了，下一步应该发明找朋友仪器。好了，集中精力！他有了一个大概的设想……

"嗖！"一颗子弹把莱哈从思考中惊醒。他迅速隐蔽起来，因为他知道发明家也能被子弹打死，猎人根本不会考虑他是不是一只发明家兔子。莱哈在茂密的草丛中找到一个藏身处，那里已经藏了一只兔子。

"我该怎样回家呢？"那只兔子绝望地问道，"回家的话要经过狩猎区。我肯定不能活着回去了！"

这是一个需要当机立断的问题，莱哈心想，应该帮帮这只兔子。

莱哈脑子一转，很快就发明出了一台影响很大的、著名的迷惑猎人仪器。

莱哈想，明天就是复活节了，从现在到明天，这么短的时间内是不可能发明出找朋友仪器的。也许我根本发明不出来。

有一点是秃子头上的虱子——明摆着的：过复活节时我成了一只心灵孤独的兔子。

复活节到了。火红的太阳升上了山巅。

莱哈像往常一样起得很早。

但在复活节的早晨，其他兔子比他起得更早。

"我们没有打扰你的发明吧？"那只复活节兔子作为来感谢莱哈的兔群代表问道，"你有空和我们一起去吃复活节野餐吗？"

"我是否有空？"莱哈重复道，"有，有，有好多时间。"

于是莱哈决定，把发明找朋友仪器的时间推到猴年马月。

小松鼠和小黑熊

（日本）滨田广介 / 著

孟慧娅 / 译

小松鼠正在吃葡萄，忽然草丛中发出沙沙声，从那里露出一个黑脑袋，原来是一只小黑熊呢。

"小松鼠，能不能让我也尝尝葡萄呀？"

"当然可以，你吃吧，多多地吃吧。"

小黑熊尝了一个。

"真好吃！多甜的葡萄呀！"

小黑熊笑眯眯的。它本来可以吃下很多很多，但只吃了一个就不吃了。

"来，我要把葡萄挤碎。"

说着，小黑熊揪下一串葡萄，放在两个手掌中，把葡萄挤碎了，葡萄汁从手指缝里，滴滴答答地往下滴。小黑熊津津有味地舔着。

"怎么啦，小黑熊，你为什么要挤碎葡萄呢？"

小黑熊告诉它："到了冬天，山上积满白皑皑的雪，山里的熊和别的动物就不出来了。它们整个冬天蹲在洞里，一天到晚呼呼地睡觉。它们睡着睡着，春天就悄悄地来临了。春天一到，熊自然而然地睁开了眼睛，那时，它们肚子空瘪瘪的，想吃东西。可是严冬刚过，雪正在融化，山里怎么能找到食物呢？我爸爸告诉我说，'那时大家就开始舔手掌，舔着舔着，就不觉得饿了。因此，必须从秋天开始，用双手挤碎食物，把汁液涂在手掌上，准备春天刚刚到来时舔食。什么树的果子呀，草籽呀，甚至蚂蚁、蜘蛛也可以。'我们挤碎这些东西，让它们的汁液像油一样涂到手掌上，将来一舔，就可以尝到各种各样的味道。"

小黑熊讲罢，问小松鼠说：

"现在你知道我为什么要挤碎葡萄了吧？"

"是的，我明白了，我明白了。"

小松鼠说着，偷偷地张开自己的双手。

自己小小的手掌，就那么一点点，和小黑熊那肥厚的大手掌，简直没法儿比。

"那么，小黑熊，请你在什么时候也让我舔舔你的手掌，舔舔你的干糖果可以吗？"

"你说什么干糖果？"小黑熊笑了起来，"好，可以的，什么时候来舔都可以。"

山峰和山谷都积满了雪，冬眠的时候到了。小松鼠在树洞里睡着。有一天，它静静地睁开了眼睛，雪还在下着，到处是白茫茫的一片。小松鼠从树洞跳出来，跑到小黑熊住的地方。

一看小黑熊还在呼呼地睡呢！

"小黑熊！小黑熊！"

小松鼠想摇醒小黑熊，但个子小小的松鼠，怎么也摇不动身体肥大的小黑熊。小松鼠叫呀，叫呀；还咬住小黑熊的耳朵，拉呀，拉呀，但是小黑熊还是没睁开眼睛。

小松鼠没办法，只好动了动小黑熊的黑手掌，把嘴靠近熊的手掌，伸出舌头贴在那上面。

多暖和的熊手掌呀。

"我开始舔啦，小黑熊。"

小松鼠甩动着小舌头，在小黑熊的手掌上舔呀，舔呀，它的肚子已经饿了。

"呀，呀，真好吃。真是干糖果呢。"

果然，小黑熊的手掌像点心，也像奶油。小松鼠用薄薄的红红的小舌头轻轻地舔。这时，小黑熊动了一下，突然睁开了眼睛。

小松鼠赶快对它说：

"小黑熊，对不起呀，我先舔了。"

弗洛格和陌生人

（荷）马克斯·维尔修思 / 著

亦青 / 译

　　有一天，一个陌生人出现了，他在树林边搭了个帐篷。小猪第一个发现了他。

　　路上碰到小鸭和青蛙弗洛格，小猪兴奋地问："你们看到那个陌生人了吗？""还没呢！他长什么模样？"小鸭问。"我看呀，他是一只又丑又脏又狡猾的老鼠！"小猪很权威地说。"他到这儿来干什么？""对老鼠可要小心，他们专偷东西！"小鸭也显得很有见识。"你怎么知道？"弗洛格问。"人人都知道这一点。"小鸭生气地说。

　　但是弗洛格不那么确定，他想亲眼去看一看。晚上，天黑了，弗洛格看到远处有一团红色的火光，于是，他悄悄地朝那边爬了过去。

　　在树林边，他看见了一顶用几根木条、一块旧布搭起来的临时帐篷。

　　那个陌生人在帐篷外燃起一堆火，正在煮吃的。红红的火苗一闪一闪，一阵一阵的香味飘过来。弗洛格觉得，这样的夜晚好温馨。

第二天一见面，弗洛格就对大家说："我看到他了！"

"怎么样？"小猪问。

"他看起来很和善。"弗洛格回答。

"你还是小心点为好，"小猪说，"别忘了他是一只狡猾的老鼠。"

"是啊，"小鸭接着说，"老鼠可是又懒又馋的。我敢说，他不会干活，只会偷吃我们的食物。"

可是，事情并不像小鸭所想象的那样。老鼠一直在忙碌着。他找来一些木材，动作熟练地锯呀刨呀，很快就做成了一张桌子和一把椅子。他也并不像小猪说的那么脏。他经常在河里洗澡，虽然洗得不是那么干净。

有一天，弗洛格决心去拜访老鼠。老鼠正悠闲地坐在他自己做的椅子上晒太阳。

"你好！"弗洛格友好地做起了自我介绍，"我是青蛙弗洛格。"

"我知道，"老鼠说，"我看出来了，我并不笨。我能读，能写，还会说英语、法语和德语三种语言。"

弗洛格听了非常吃惊，要知道就连聪明的野兔也没这么厉害呀！

正说着，小猪也来了。一见面，他就气冲冲地问老鼠：

"你从哪儿来的？"

"我从哪儿都可以来！"老鼠平静地说。

"好吧，那你为什么不回去？来这儿干吗？"小猪被激怒了。

"这是我自己的事。"老鼠还是很平静。

"我到过很多地方，"老鼠继续用平静的语气说，"我发现这里很宁静，视野也很开阔，可以看到大河。我喜欢这里。"

小猪说："你偷了树林里的木头！"

"那是我找到的，"老鼠的表情变得严肃起来，"树林里的木头属于每一个人！"

"哼，脏老鼠。"小猪嘀咕着。

"是的，是的，"老鼠痛苦地回答，"都是我的错，老鼠永远是被指责的对象！"

弗洛格、小猪和小鸭一起去找野兔。小猪和小鸭说："那只可恶的老鼠必须离开！他偷了我们的木头，对人也很没礼貌！"

"静一静，静一静，"野兔说，"他可能是和我们不一样，但他并没有做错什么。那些木头是属于大家的。"

从那天起，弗洛格会定期去拜访老鼠。他们一起坐在椅子上欣赏风景，老鼠还给弗洛格讲一些他到世界各地旅行时的见闻。

　　小猪不太高兴了。他对弗洛格说："你不应该总跟那只狡猾的老鼠在一起！他和我们不一样！"弗洛格不解地说："不一样？我们每个人都不一样啊！"

　　"哎呀，你怎么就不明白呢！"小鸭也急了，"我们是本地人，而老鼠是从外地来的！"

　　有一天，小猪在做饭时，一不小心，锅里的菜燃烧起来。很快，火势蔓延开来，到处是火苗，整个房子都烧着了。

　　小猪吓坏了，跑出屋子大叫："着火啦！快救火呀！"这时老鼠已经赶到了。他飞快地奔跑着，一趟又一趟地从河里提来水浇向燃烧的大火。火慢慢地小了下来，终于完全被扑灭了。

　　但小猪家的屋顶已经被烧光了。闻讯赶过来的野兔、弗洛格和小鸭围着小猪呆呆地站着，小猪现在无家可归了。可他不用太担心。第二天，老鼠拿来了木头和工具，他爬上屋顶，忙活起来。很快，房子就被修好了。

　　又一天，野兔到河边去打水，脚底一滑，掉进了深深的河里。不会游泳的野兔拼命仰起头，大叫："救命啊，救命啊！"老鼠听到呼救声飞快地赶了过来，他直接跳进水里，把野兔救了上来。

　　经过这几件事，大家都慢慢喜欢上了老鼠。老鼠在这里快快乐乐地生活，快快乐乐地帮助别人。

　　老鼠还常常想出些新奇的点子，比如说，召集大家到河边野餐，或者是进树林子里去探险什么的。

每当黄昏降临的时候，老鼠就给大家讲一些刺激、很有趣的故事，有的是他听来的传奇故事，比如说龙的故事；有的就是他在各地旅行时的亲身经历。

可是有一天，弗洛格又去看望老鼠，却惊奇地发现老鼠已经是一身出行的装束。"我该走了，"老鼠说，"我可能会去美国。我还从来没去过那儿呢！"弗洛格听了，心里很难过。

弗洛格、小鸭、野兔和小猪眼里含着泪水，依依不舍地与老鼠道别。"也许有一天我还会回来，"老鼠愉快地说，"到那时，我要在河上修一座桥。"

然后，老鼠在四个朋友的目送下，消失在山丘的那一边。"我们会想他的！"野兔叹了一口气。四个朋友心里空落落的，常常坐在老鼠留下的椅子上，一起怀念那只和善、聪明又乐于助人的老鼠，回忆与他共同度过的美好时光。

小王子和狐狸

小王子碰到一只狐狸。

"你好。"狐狸向小王子问候。

"你好。"小王子彬彬有礼地答道，"你是谁呀？"他转过头去，但是什么也没有看见。

"我在这里，就在苹果树下……"那声音说。

小王子看见了它，说："你真漂亮……"

"我是一只狐狸。"

"来跟我玩玩吧。"小王子诚恳相邀，"我现在正伤心着呢……"

"我不能跟你一道玩。"狐狸说，"我不是温驯的动物。"

"哦！我不了解你，对不起。"小王子说。

但是，他稍作思索后，问道：

"什么叫'温驯'呀？"

"看来你不是本地人。"狐狸说，"你来这里干什么？"

"我在找地球人。"小王子又追问，"'温驯'是什么意思呀？"

"地球人呀，"狐狸说，"他们有枪，他们经常打猎。这可危害不小！他们还饲养母鸡，那是他们唯一有意思的地方。你要找母鸡吗？"

"不找。"小王子说，"我要找朋友，你说的'温驯'是什么意思？"

狐狸开始做出解释：

"这是一件好事，可惜已经被忘得一干二净了，'温驯'意味着建立和谐的关系……"

"建立和谐的关系？"小王子不明白。

"当然是这个意思。"狐狸接着解释，"对我而言，你只是一个小男孩，和成千上万的小男孩完全一样。我并不需要你，你也不需要我。对你而言，我只是一只狐狸，和成千上万的狐狸没有两样。但是，如果你使我温驯了，我们两者之间的关系就变得互相依存依恋。那么一来，对我而言，你就是这世上的唯一，而对你而言，我也就是这世上的唯一……"

"我开始懂了。"小王子说，"我拥有那么一朵花儿……我想，可以说它对我是温驯的……"

"这完全是可能的。"狐狸说，"在地球上，可以看到形形色色、无奇不有的事情……"

"唉！我跟我那朵花儿的事，并不是在地球上呀。"

狐狸显得很诧异，问道：

"难道是在别的星球上吗？"

"是的。"

"在你那个星球上，有猎人吗？"

"没有。"

"这可太好啦！那么，有母鸡吃吗？"

"没有。"

"这可有些美中不足！"狐狸悲叹了一声。

但狐狸又回到它原来的话题，说：

"我的生活单调乏味。我猎食母鸡，地球人则猎杀我。母鸡全是一个样子，所有人类也都一个样。我对这一切都感到有点腻味了，但如果你使得我温驯了，我的生活就会充满阳光，变得温暖。我对人类的脚步声就会有全然不同的感受。我一听到其他陌生人的脚步声，就会赶紧逃进地洞。你的脚步声，却会把我从地洞里召唤出来，有音乐一般的奇效。还有，你看，你看见那边的麦田了吗？我是不吃面包的，小麦对我毫无用处。麦田不会引起我任何回忆。当然，这也是很可惜的事！但是，你有一头金发，于是，一旦你驯服了我，事情将变得妙不可言，那金色的小麦就会使我回想起你，而我，也就会爱上那风儿掠过麦田时所发出的声音……"

狐狸停了下来，久久地注视着小王子，又说：

"求求你……把我收下来吧，驯养我吧。"

"我很乐意这样做。"小王子答道，"可是我没有多少时间，我还得去结识好多朋友，去了解很多事情。"

"只有那些被人驯服了的东西，才能被人理解。"狐狸说，"地球人是不会再有时间去认识什么啦，他们都是从商人那里购买一切成品。但因为世上的商人绝不会成为朋友，地球人也就没有朋友了，如果你想要一个朋友，那就请驯养我吧！"

"该怎么驯养呢？"小王子问道。

"必须得有耐心。"狐狸答道，"你先坐在草地上，要离我稍远一点，就像现在这样。我嘛，我斜眼盯着你，你什么话也别说。语言是造成隔阂与误解的根由。但是，你可以每天坐得越来越靠近我一些……"

第二天，小王子来到原地。

"最好是在同一时间赴约。"狐狸说，"比方说，你定在下午四点钟来，那我从三点钟开始就会感到高兴。会面的时刻越是临近，我就越发感到高兴。一到四点钟，我就会激动起来，兴奋起来，我会认识到要获得幸福是要付出代价的！可是，如果你什么时候来压根就没准儿，那我就不知道该在什么时候酝酿我的心情……会面就得有会面的讲究。"

"什么叫作'讲究'呀？"小王子问。

"这也是被人忘得一干二净的事啦。"狐狸说，"某种讲究，就可以使得某一个日子、某一个时辰有别于其他的日子、其他的时辰。举个例子来说，与我为敌的那些猎人就有一种讲究，他们每逢星期四一定要去跟村里的姑娘跳舞。于是，星期四就成了妙不可言的一天啦，我就可以到处闲逛，一直逛到葡萄园里。而如果那些猎人什么时候都要去跳舞，那么，天天就都一个样啦。"

就这样，小王子驯养了狐狸。不久，他们分手的时候临近了，狐狸伤感地说：

"唉，我会哭的……"

"那你就不对了。"小王子说，"我不希望你伤心，你该记得，是你要我驯养你的……"

"当然是我要求的。"狐狸说。

"那你还哭什么！"小王子说。

"我当然要哭。"狐狸说。

"你这样岂不是得不偿失！"

"我还是有收获的，因为，我从小麦的金黄色可以感受到美感了。"狐狸说。接着，它又说：

"你再去看看那些玫瑰花吧，你就会明白你家里的那一朵玫瑰才是世上独一无二的。"

三、变色的草地

—— 耐心观察，发现大自然的秘密

木筏漂过太平洋，远远地传来很大的呼吸声——鲸鱼来了。

一只野鸭往地下一钻，不见了！

夏天的暴风雪过后，从雪堆里探出一个小山鸟的头。

开满蒲公英的草地，早晨和中午的颜色居然不一样……

本单元的主题是"发现一个秘密"。

发现一个有趣的秘密，需要有耐心，有相关的知识，还要有能发现独特之处的眼睛和心灵。

鲸鱼的呼吸

（挪威）托尔·海尔达尔／著
朱启平／译

我们乘着木筏漂过太平洋。

有一天，我们突然听到有什么东西像一匹游泳的马那样大声呼吸。我们跳起来看，一条大鲸鱼游过来瞪着我们，游得近极了。我们都看到它的喷口里有一片光亮，像是一只擦亮了的皮鞋。

海里几乎所有的动物都没有肺，都静静地游来游去，扇动着鳃。现在听到真正的呼吸声，太不平常了。我们这位来客，使人想起动物园里喂养得很好、很活泼的河马。这给了我一个愉快的印象。

住在地下的野鸭

（苏联）尼·斯拉德阔夫 / 著
王汶 / 译

我爬到高高的山上，一直攀登到岩石下。在这里，不论遇见什么，我都觉得奇怪！石麻雀、雪花鸡、岩石鸸（shī），还有山鸦、山鸡、山鹑。

我忽然发现一只……普通的野鸭！扁扁的嘴，歪歪的脚掌，走路摇摇摆摆。这种野鸭，一般总是在沼泽地的水里，它却……蹲在一块岩石上，活像一只山鹰或石鸡。

后来，它飞到山坡上……往地下一钻，就不见了！刚才还在这儿呢，这会儿连影儿也没有了，连一根羽毛都看不见了。这是一只什么样的地下野鸭呢？

我走到山坡上，看见一个洞。这洞是土拨鼠挖的，野鸭却躲在那里面了！洞里的野鸭？野鸭藏在地下？

这简直太奇怪了，所以我便隐蔽在附近，耐心地等待。

天快黑的时候，才从洞里伸出一张鸭嘴。接着，整只野鸭出来了。我就近仔细一瞧，原来是红的。这种野鸭，我以

前从来没见过。这是一只母鸭，母鸭后面跟了一群鸭雏——有十二只呢！在地下孵出的鸭雏！

地下的鸭雏勇敢地跑到岩石旁……往下一跳！

扑通，砰，啪嚓——摔在地上，可它们满不在乎。用小脚掌站起来，甩一甩小嘴，眨巴眨巴小眼睛，跟在母野鸭后面，顺山坡向下面离得最近的小湖边走去。

这种奇怪的野鸭，叫作赤麻鸭。

它们可不是普通的野鸭，是住在地下的野鸭！

被埋在雪里的小鸟

（苏联）尼·斯拉德阔夫 / 著

王汶 / 译

夏天山里真美！翠绿的山坡上，开满了野花，鸟儿在歌唱。

但是，忽然从灰秃秃的岩石后面浮出几片深蓝色乌云，遮住了太阳。立刻，花儿闭上了花瓣，鸟儿也不唱歌了。

大家都感到不大好受。

黑黝黝的，怪可怕。可以听到，有个庞然大物呕呕叫着、打着呼哨，逐渐临近了！眼看它滚到跟前了，引起了混乱，号叫着，轰隆轰隆响着——暴风雪来了！

我连忙躲到岩石下。风在怒吼，紧接着电闪雷鸣，下……下雪了！大夏天下雪……

暴风雪闹过去以后，周围一片雪白，而且静悄悄的，像冬天一样。

不过，这是一种独特的冬天。

从冰雹和积雪下，露出了鲜花。一束束青草挺直腰板，甩掉身上的雪花。夏天又从冬天底下钻出来了。

我突然发现，从雪里探出一个小山鸟的头。

它的小嘴转来转去，眼睛一眨一眨的。

这只小山鸟被埋在雪里了！

我想捉住它，把它掖在怀里，让它暖和过来，但转念一想，就什么都明白了，便悄悄地走开了……

很快就云散天开，又出了太阳。

郁郁葱葱的山谷出现了。积雪和冰雹在迅速融化。从四面传来潺潺的流水声，发出了声响和亮光。混浊的水在向山下倾泻。

这时，小山鸟站了起来，抖掉背上的冰雹和雪，用嘴理了理湿漉漉的羽毛，然后钻进草丛里去了。

果然如此！在刚才山鸟趴着的那个地方，有个鸟窝，窝里有五只半裸的雏鸟闭着眼睛，挤作一堆。但它们还活着，在喘气，背上和脑袋上的绒毛在动弹。怪不得暴风雪来临的时候，这只山鸟没有躲起来，怪不得它让大雪把自己埋上了——它是为了救雏鸟呀！

变色的草地

(苏联)米·普里什文 / 著
王汶 / 译

蒲公英的种子成熟的时候，我和我的弟弟总是玩得很开心。有时我们一起去钓鱼，他在前面走，我跟在后面。

"谢略查！"我一本正经地叫他。他回头看时，我就噗的一声把蒲公英的绒毛吹他一脸。为了这个，他开始守候我，趁着我一个不留神，他也吹我一脸蒲公英的绒毛。就这样，我们只为了解闷才采这种不起眼的花。可是有一次我有了个新发现。

我们住在农村，我们家窗外有一片草地。这片草地上无数蒲公英开了花，把整个草地染成了金黄色的。简直美极了。大家都说："太美了！这草地是金黄色的！"

有一天，我想去钓鱼，起得很早，我发现草地不是金黄色的，是绿色的。快到中午，我钓完鱼回家的时候，草地又整个变成了金黄色的。我开始观察。傍晚，草地又变成了绿色的。我去找一棵蒲公英看看，原来它把花瓣合拢起来了，就好比我们的手指头在掌心一面是黄色的，如果我们把手攥成拳头，黄颜色就被挡住看不见了。早晨，太阳出来的时候，我看见蒲公英都张开了它们的手掌，因此草地又变成了金黄色的。

从那时起，我们就把蒲公英当作一种最有意思的花了，因为蒲公英和孩子们在同一个时间睡觉，在同一个时间起床。

四、聪明的骆驼
——了解动物的智慧

有一个人偷了一头骆驼，可是骆驼把他堵在了帐篷里。

聪明的金花鼠把松子储藏在"我"的帐篷里。

爸爸把竹鼠系在树蔸上，它却咬断绳子跑掉了。

害怕一切的兔子避开了猎人的追踪……

本单元的主题是"聪明的动物"。

洗了澡的狗会抖动身体甩掉水珠，猫生病了会自己去找草吃……动物们都有着聪明的主意。

和孩子在一起时多留心一点，你们将会有精彩收获！

聪明的骆驼

（德国）乌尔苏拉·沃夫尔 / 著

李蕊 / 译

有一天，有个人偷了一头骆驼，然后直接骑上它就跑了。

这个人骑着骆驼穿越沙漠。当时沙漠里非常热。

这个人骑累了，就打开他的帐篷，钻了进去。

　　这时，骆驼也慢慢地向帐篷内挤了过去，这个人害怕得尖叫起来。整个帐篷几乎被骆驼占满了！这个人想出来都来不及了，骆驼庞大的身躯把帐篷的入口处堵得严严实实。

　　这个人被困在自己的帐篷中。他开始坐立不安，鬼哭狼嚎地叫喊起来。

　　但是，骆驼对此根本无动于衷。它像座小山一样半卧在帐篷门口，等着主人到来。人们正在焦急地寻找它，并从远处听到了这个人的号啕声。

　　他们把这个人痛揍了一顿，赶走了，然后奖赏骆驼吃了好多糖。人们都对它刮目相看，夸它是一头聪明的骆驼。

聪明的金花鼠

（苏联）格·斯聂吉廖夫 / 著
王汶 / 译

我在大森林里搭了一个帐篷。不是小房子，也不是窝棚，就是用长棍子支在一起搭成的帐篷。木棍上铺着树皮，树皮上压着圆木，免得树皮被风刮跑。

后来我发现，经常有谁在我的帐篷里留下一些松子皮。

我怎么也想不出，我不在的时候，是谁在我的帐篷里吃松子。

我甚至害怕起来了。

有一天，寒风刺骨，乌云密集，因为阴天的关系，白天都变得十分昏暗。

我急忙钻进帐篷，却发现我的地方已经被一只金花鼠占据了。

金花鼠蹲在最黑暗的角落里，两腮鼓鼓地塞满了松子。

两腮太鼓了，显得眼睛成了两条缝。它望着我，不敢把松子吐在地上，大概是担心被我偷走。

　　金花鼠憋了半天，实在憋不住了，才把嘴里所有的松子都吐出来。它的两个腮帮子马上瘦下去了。

　　我数了数，地上有十七粒松子。

　　金花鼠开始还怕我，后来看见我安安静静地坐在那儿，就忙活开了。把松子塞在圆木底下和缝隙里。

　　金花鼠塞完松子，就跑了。我一看，到处都塞着松子，粒大饱满的黄松子。显然金花鼠把我的帐篷当作仓库了。

　　多么聪明的金花鼠！要是它把松子贮藏在森林里，准被松鼠和松鸦偷光。金花鼠知道，一只偷东西的松鸦也不敢进我的帐篷，所以把它的仓库设在我这儿了。现在我在帐篷里找到松子时，已不再奇怪了。我知道，一只聪明的金花鼠和我住在一起。

竹　鼠

邓湘子 / 著

我们村子的周围，长着大片南竹。竹子四季常青，像一大片绿色的云，永远停留在山坡上。

有时候，翠竹中间会有一棵竹子突然枯黄了。大人说，那是竹鼠咬坏了竹子。

我想，竹鼠的牙一定很厉害，竹子那么硬，它也咬得动。

初夏季节，我们家山坡上的那块菜地里，辣椒和黄瓜开出花朵来了。这天，我和爸爸去菜地锄草，看到菜地中间垒出一堆新土，把周围的菜苗压倒了。

我觉得很奇怪，谁会在我们家的菜地里乱挖呢？

爸爸说："这是竹鼠打出的土。土这么新鲜，它一定还在洞里。"

"它在洞里干什么呢？"我好奇地问。

"它想住在里面。"爸爸说。

"哦，竹鼠想在我们家菜地里安家了！"我高兴极了。

爸爸要我看住洞口，他回家拿来了水桶，从山溪里提了水来，往竹鼠藏身的洞里灌进去。我急了，说："竹鼠会被淹死的！"

爸爸说："你怎么忘记了，竹鼠是专门咬竹子的坏蛋。"

洞里的水灌满了，冒出一个个泡泡来。竹鼠终于受不了啦，水淋淋地钻出来，模样怪狼狈的。爸爸一下子就把它拎住了。

这家伙浑身胖嘟嘟的，龇着两颗钢凿般的门牙，爪子十分锋利。难怪它能把一根根南竹咬坏。

爸爸在它的脖子上套上一根草绳，系在菜地边的一个树蔸上。

等我们锄完草，想把它牵回家时，那里只剩下一截草绳，竹鼠已经逃跑了。

野　　兔

野兔是晚上吃树皮的；田里的兔，吃的是瓜仁和草；仓里的兔，吃地板上的麦粒。

夜里兔子在白雪上面留下一道深澈的、看得出来的脚印。人呀，狗呀，狐狸呀，乌鸦呀，鹰呀都欢喜捉兔子。

假如一只兔子走的是一条直线，而不是两条线的话，那么，天亮了就可以毫不困难跟着它的脚印，把它捉住；但兔子有一种害怕的性格，这害怕的性格就变成它的救星了。

夜里兔子在田野和树林里跑，它没有害怕留下一条笔直的脚印；可是一到早晨快要来的时候，它的敌人们醒了，于是兔子开始细听了，一会儿听见了狗吠，一会儿听见了车响，一会儿听见了庄稼汉的声音，一会儿听见狼在树林里叫。于是它先跳到这一边，然后又跳到另外一边去了。

它向前急急地跑，它着了慌，因此它走了两道脚印。可是它又听见了什么，并且用尽所有的气力，跳到这一边，把它先前的一个脚印涂去了。又是什么吓了它，它又跳回去另外一边。天亮的时候，它已经钻到洞里去了。

早上，猎人开始追踪兔子的时候，他们对于这两道脚印和很长的跳跃，不知怎么办。他们吃惊兔子怎么会这样狡猾。

可是兔子并没有想到狡猾：它只是害怕一切罢了。

五、给自己当邮递员

——不一样的女孩

睡觉时小女孩变成了小蚂蚁，早晨得等她长大了才会起床。

"我"坐到鸵鸟林达的背上，真开心啊。

阿莲卡被划破了腿，却发现植物的秘密。

朱蒂的信里，农庄是一个满是故事的地方。

小巫婆真美丽给自己写了一封信。她飞到北极，打算从那里寄回来……

本单元的主题是"女孩"，能"变大变小"的女孩，能骑上鸵鸟的女孩，能发现秘密的女孩，给自己寄信的女孩。

不一样的女孩心里，有着不一样的世界。

孩子看到的世界多了，他们内心里的世界也就变大了。

睡与醒

(意大利) 贾尼·罗大里 / 著
张密　张守靖 / 译

从前，有一个女孩子每天晚上在要上床睡觉时就变得很小很小。

"妈妈。"她说，"我是一只蚂蚁。"妈妈就明白该让她上床睡觉了。

在日出的时候，女孩醒来了，但还是很小，她全身待在枕头上，比先前长大了一些。

"起床了。"妈妈说。

"我起不来，"女孩子回答说，"我起不来，我还太小呢。我现在只有蝴蝶那么大。等我再长一长。"

过了一会儿，她喊起来："好了，我现在长大了。"

随着一声欢叫，她从床上跳起来，开始了新的一天。

坐在鸵鸟背上真开心

（法国）蒂皮·德格雷 / 著
黄天源 / 译

坐在鸵鸟背上真开心。鸵鸟背软绵绵的，很暖和，好舒服啊。

这只名叫林达的鸵鸟，我是在一个养殖户那儿见到的。他养的鸵鸟多着呢，有一大群。他养鸵鸟卖肉，卖羽毛。在非洲南部，当地人通常把鸵鸟宰了以后，在肉里添上香料，然后晒干，吃起来味道好极了。但是肉变得很硬，要嚼很久才能咽下，不过，味道确实很香。这种腊鸵鸟肉我十分喜欢吃。

鸵鸟的样子并不可怕，但仍然要小心。它们的爪子上长着锋利的指甲（人们把它叫作距），可以当刀使。如果捕猎者向它们进攻，他们就会被距开膛破肚，然后死去，因为它们一只只都力大无穷。

林达却很善良，老怕把我掀翻，常常不愿动一动身子。不过，我倒喜欢它奔跑，我宁愿它跑得飞快。鸵鸟要是跑起来，便是世界上跑得最快的鸟了。

农庄里的故事

农庄变得越来越有趣了。昨天我还坐了运干草的马车呢。我们有三只大猪、九只小猪，您真该看看它们吃东西的样子。它们真的是猪啊！我们还有一大堆小鸡、小鸭、火鸡和珍珠鸡。如果您本来可以住在农庄里，却一定要住在城里，一定是头脑发昏啦！

现在找鸡蛋是我每天的工作。昨天我想偷偷爬到黑母鸡在谷仓阁楼上筑的鸡窝那儿时，被一根屋梁绊倒了。我的膝盖擦伤了，只好一瘸一拐地回了家，森普夫人用金缕梅酊剂为我包扎了伤口，她嘴里一直在絮叨："天哪！天哪！想起来好像是昨天的事，杰维少爷就是在同一根屋梁上绊倒的，还摔伤了同一个膝盖！"

农庄周围的风景十分美丽。有山谷、有小河，还有许多绿树葱茏的山丘，天尽头青山巍峨，一切都显得如此可爱。

我们每星期做两次奶油，然后把乳酪保存在石头砌的小屋里，一条小溪在小屋下面潺潺流过。有些附近的农民在做奶油时会使用脱脂器，但是我们不喜欢这些新式点子。在浅锅里分离乳酪会有些麻烦，但是质量更好，辛苦些是值得的。

我们有六头小牛，我替它们都起了名字：

第一头叫西尔维亚，因为它出生在森林里。

第二头叫雷丝比雅，以卡图卢斯（注：公元前 87—公元前 54，古罗马诗人）作品中的雷丝比雅为名。

第三头叫萨丽。

第四头叫茱丽亚，这是一头普通的花斑小牛。

第五头叫朱蒂，跟的是我的名字。

第六头叫长腿叔叔。您不会介意吧，叔叔？它是纯种泽西种乳牛，脾气十分温驯。您看这个名字起得多好啊！

我还没来得及开始我的不朽创作，农场让我忙得团团转。

您永远的朱蒂

植物移民的秘密

（苏联）尤·德特里耶夫 / 著

王汶 / 译

"我的腿划破了，"阿莲卡说，"等我去找一棵车前草，把车前草的叶子贴在伤口上，我们再往前走。"她说着，弯腰在路旁找起来。

阿莲卡找到一棵车前草，把叶子贴在腿上划破的地方。

"行了。走吧！"

我们继续向前走去。

"车前草是一种很有用的植物。我非常喜欢它。你呢？"

"我也喜欢。可是你知道吗？以前住在南美的印第安人特别不喜欢它。"

于是我讲给阿莲卡听，从前在南美根本没有车前草这种植物。后来西班牙侵略者到那里去的时候，那里才出现了车前草。

"印第安人很善于观察，他们立刻发现：白人到什么地方，什么地方就长出他们不认识的一种植物。他们就管那种植物叫作'白人的足迹'。"

"那儿为什么会长出车前草呢？"阿莲卡问道。

"你动脑筋想想，"我没有正面回答她，只说，"车前草总是长在道路旁。我们来瞧瞧。"

我从一棵车前草贴地生长的叶丛里拔出一根长茎。这根长茎的下面一半是光溜溜的，上面一半长有穗状花序结的种子，那是一些密集在一起的小硬团儿。我握拳把长茎的下端攥在手里，往上一捋，一把小硬团儿就留在我手里了。

"这是车前草的种子，"我说，"现在你明白了吧？"

"不明白。"阿莲卡沉默了一会儿，坦率地说。

"这很简单。车前草的种子落在道路上。行人走过时，种子沾在他们的鞋上。说不定走到什么地方，种子掉在地下，就长出另一棵车前草。南美的车前草，也是沾在人的鞋上，远渡重洋到那里去的。"

我们默默地走了一段路。但是大概阿莲卡一直在想着车前草的事情。因此，当我们拐到另外一条小路上去时，她站住了，仔细地察看着自己脚上的凉鞋。"我的鞋上什么也没有！"她说，"车前草种子没有沾在我的鞋上。"

"这还不知道呢。也许有一粒种子藏在什么地方了。不过，这无关紧要。你还是掸掸你的衣服吧！"我向她建议。

"脏了吗？"阿莲卡察看着自己身上，惊愕地说，"哎呀！真可恶！"突然她尖叫起来，开始从连衣裙上往下扯一些挂在那上面的刺。这些刺，有的是鬼针草的小扁带刺果实，有的是苍耳的大圆带刺果实，有的是鼠尾草的黏糊糊的花萼。

"真可恶！"阿莲卡把从连衣裙上扯下的小果实扔在地上，又重复了一句，"它们怎么那么有办法缠着人？"

"阿莲卡！你知道吗？"我说，"你现在起的作用就跟风一样——你在帮助植物旅行。"

阿莲卡表示疑问地看看我。

"鬼针草、苍耳和鼠尾草的种子都没有槭树、桦树种子那样的小翅膀，也没有柳树种子那样的小降落伞……

"所以它们想出别的旅行方法。等有一只野兽从它们旁边跑过去，有一只鸟落下来休息，或者有人走过的时候，它们就挂到鸟兽或人的身上。这些种子一直旅行到鸟兽或人把它们从身上摘下，扔在地上的时候。它们被扔在哪儿，就在哪儿落户。"

在回家的路上，阿莲卡不停地笑着。也许是因为她知道了一点植物移民的秘密，所以这么高兴吧！

给自己当邮递员

汤素兰 / 著

住在彩虹谷 10 号的真美丽巫婆有一条清澈的响水河、一个美丽的孔雀湖和一把称心如意的飞行扫帚。可她还是非常不快活。为什么呢？因为没有人给她写信。

白鸽邮递员每天在山谷里飞进飞出，给真美丽巫婆的邻居花枝俏巫婆、顶好看巫婆和特漂亮巫婆带来信件、包裹和报纸、杂志，可唯独一次也没给真美丽巫婆带来过什么。

真美丽巫婆非常生气，她决不能让这种情况继续下去了。她得想点儿办法。

晚上，她坐在桌子前，给自己写了一封很长很长的信，足足有十五个字：

真美丽巫婆真好！真美丽巫婆真美丽！

她把信装进信封里，信封上写着：彩虹谷 10 号真美丽巫婆收。

第二天，她把信拿给其他巫婆看，高兴地对她们说：

"你们看，我也收到信了！"

巫婆们问她："信是谁写的？""从哪儿寄来的？"真美丽巫婆说："是我自己写的，也是我自己拿来的。"她还把信念给巫婆们听，得意地说："怎么样？写得不错吧？"

巫婆们哈哈大笑："哪有自己给自己写信的呀！告诉你吧，我们的信都是从很远很远的地方寄来的，上面贴了邮票，盖了邮戳，最后由白鸽邮递员送到我们的手里。"

真美丽巫婆说："你们难不倒我！我这就到很远很远的地方去寄信！"

真美丽巫婆决心找一个最远最远的地方寄信。她骑在扫帚上飞，飞，一直飞。她飞过高山，飞过大海，飞过城市，飞过乡村。半个月后，真美丽巫婆飞到了北极。

北极冰天雪地，见不到一个人影，一处房屋。真美丽巫婆穿的衣服不够暖和，才一降落就连打了两百个喷嚏，把一群正在睡觉的北极熊吵醒了。

真美丽巫婆问北极熊："请问这儿哪有邮局？"

北极熊说："这儿没有邮局。"

真美丽巫婆又问："我要寄封信，上哪儿能找到邮递员？"

"这儿没有邮递员。"

这个情况是真美丽巫婆万万没有想到的。

但是，任何困难都难不倒真美丽巫婆。她说："我自己给自己当邮递员，把信送回彩虹谷去！"

真美丽巫婆骑上扫帚，离开北极，朝彩虹山谷飞去。她一边飞，一边在心里美滋滋地想："从北极寄出的信，整个彩虹谷里，我的这一份肯定是独一无二的！没有谁的信比我的更远！"

六、小格子写作业

——妈妈带来美好感觉

小格子写作业，写了对妈妈的很多"喜欢"。

妈妈的头发像面包，香甜温暖。

妈妈给了"我"第一笔稿费，也给了"我"一个"可能性"……

本单元的主题是"妈妈"。

有的妈妈香甜，有的妈妈整日忙碌，有的妈妈给人勇气，有的妈妈可爱……不管是哪样的妈妈，都充满包容和爱。请珍惜这个称呼所包含的美好感觉，和孩子相处的时候，慢一点，再慢一点。

有什么比和孩子相处更美好？

小格子写作业

萧萍 / 著

双休日，很晚了，快十一点了吧。

玩累了的小格子爬上了床，屁股在被子里一撅一撅的，因为这时候他才想起来作业没做。小格子从被子里露出脸蛋，对小格子爸爸说："爸爸，赶快帮我记下来吧，袁老师说的，我们要在家里写下来我怎么爱妈妈。"

"真是好儿子。"

小格子爸爸无论如何都要忍住嘲讽、瞌睡以及怒火。

于是，在小格子断断续续的口述中，爸爸提笔写下小格子的岁末作业——

《我爱妈妈》
和妈妈在一起很温暖
喜欢妈妈给我喂药
喜欢妈妈给我洗脚

我不喜欢妈妈吓唬我

我只喜欢妈妈紧紧地拥抱我

我喜欢每次睡觉的时候

她拉着我的手

我喜欢她每次都亲我

我真的对不起你，妈妈

我吃饭吃得不好

吃得太慢，中间老是玩儿

我没犯错误的时候

也想对你说对不起

因为我太爱你了

萧萍——

说到这里，小格子突然挣扎着从被子里抬起头："哎呀，最后的话袁老师还以为是爸爸说的呢。唔，爸爸，你一定要写上是小格子说的哦，而且，你还要把'萧萍'拖长，就这样，萧——萍——拖很长才是我说的。"

"为什么要拖这么长啊，小格子？"小格子妈妈终于忍不住好奇地问。

小格子的头缩进被子里，声音闷闷的，屁股一撅一撅的："因为感动。"

头　发

（美国）罗桑德拉·希斯内罗丝 / 著
潘帕 / 译

我们家里每个人的头发都不一样。

爸爸的头发像扫把，根根直立往上插。

而我，我的头发挺懒惰。它从来不听发夹和发带的话。

卡洛斯的头发又直又厚。他不用梳头。

蕾妮的头发滑滑的，会从你手里溜走。

还有奇奇，他最小，茸茸的头发像毛皮。

只有妈妈的头发，妈妈的头发，好像一朵朵小小的玫瑰花结，一枚枚小小的糖果圈儿，全都那么卷曲，那么漂亮。她成天给它们上发卷。

把鼻子伸进去闻一闻吧，当她搂着你时。

当她搂着你时，你觉得那么安全，闻到的气味又那么香甜。

是那种待烤的面包暖暖的香味，是那种她给你让出一角被窝时，和着体温散发的芬芳。

你睡在她身旁，外面下着雨，爸爸打着鼾。

哦，鼾声、雨声，还有妈妈那闻起来像面包的头发。

第一笔稿费

(美国)斯蒂芬·金 / 著

有一件事让我对"可能性"有了美好的感觉，就像是有人带我进入一座摩天大楼里，然后告诉我，我可以打开大楼中任何一扇门，这使我想到人在一生当中，可能还有许多扇门未曾开启过。

在模仿了漫画书之后，我写了一篇四只魔法动物开着旧车帮助小孩的故事，首领是一只兔子，名叫"把戏兔先生"。故事只有四页长，用铅笔写的。

当我的作品写成后，我拿给我妈看。她坐在起居室，立即将她正在看的书搁在一旁，读起我的作品来。看得出来她很喜欢我的作品，因为故事让她开怀大笑。虽然如此，我仍不确定她是真心喜欢我的故事，还是为了不想让我伤心。

"这是不是模仿的？"

"没有，这次不是。"

她告诉我，这个故事好得可以出书了。我听了简直乐不

可支，接下来，我写了兔子先生和它四个朋友的故事，我妈赏了我一元钱作为稿费，并将我的作品寄给她的四个姐妹。

四个故事，每个二十五分钱，那是我领的第一笔稿费。

厨房里

（法国）马塞尔 / 著

"儿子，把你的脚擦干净！"

当我刚一出现在厨房门口，妈妈就对我叫道，她正在擦地板。

"现在，你就是唯一一个把这儿搞得乱七八糟的人了。"她说。在地板中间，我哥哥的自行车两轮朝天放着，他正忙着拧一个螺丝，父亲坐在火炉另一边，双脚放在一盆水里。

"这没有你洗脚的地方。"她说，"在起居室也有火，为什么你不去那儿洗呢？你们都在这儿，我简直连身都转不过来。"

"起居室里没我洗脚的地方。"爸爸平静地说，他又指了指那辆自行车，"等那个小伙子修完车，你用点儿水就能把他弄的脏印子擦掉。为什么你不让他把那车搬到后院去呢？"

妈妈叹了口气，她总是叹气，的确，这是由我们的行动引起的，并非无可奈何，也并不是抱怨。

"哦，外面太冷了。"她说，又转向我，"过来，儿子。"她拿起我的书包递给我，"你是好样的，去起居室写作业吧，那儿很暖和。"

但我也不愿去那空空的起居室。

"上帝啊！"妈妈又叹了口气，"我明白为什么每天晚上我都浪费时间把那火生起来，而你们没一个人去那儿，我真希望自己能去那儿，把这厨房留给你们！"

但她知道假如她去了那儿，没几分钟我们都会跟过去的：我和我的书包，我爸爸和那盆水，我哥和他的破自行车。

"哦，是的，我们都在这儿不挺好的吗？"爸爸说，"还有什么地方我们能一直看见你呢？"

七、好吃的东西

——创造奇妙的味道

约瑟夫想吃馅饼，妈妈要他采些木莓来。他却从野外带回了一堆别的东西。

秋天要煮果子粥了，结果却煮成了一锅花瓣粥。

小狐狸找小兔子买兔子汤，他能买到吗……

本单元的主题是"好吃的东西"。

读了这组故事，你也想吃好吃的东西了吗？给孩子一块好吃的东西，让他来讲一个故事吧。

好吃的东西

（美国）E. 雷尼·海斯 / 著
王世跃 / 译

一个阳光明媚的日子，约瑟夫想到外边玩。

"我准备烤美味馅饼，你去采些木莓来。"妈妈说。

美味馅饼是约瑟夫最喜欢吃的东西。"我马上去。"他说着，提起篮子，蹦蹦跳跳地跑出门。

走过草地，他遇见兔子在嚼一根胡萝卜。

"您好，兔子先生！"约瑟夫说，"请您告诉我，哪儿能找到木莓呢？"

"找木莓我帮不上忙。"兔子扭动着鼻子说，"我的胡萝卜可是又水灵又脆生，你为什么不拿几根试试呢？"

约瑟夫从地里拔了几根胡萝卜，放进篮子。"谢谢您，兔子先生！"约瑟夫吹着口哨，蹦蹦跳跳地跑开了。

听到高高的树上有动静，约瑟夫站住脚，看见一只松鼠在采集坚果，并将它们贮藏在树洞里。

"对不起，松鼠先生，您知道哪儿能找到木莓吗？"

"小男孩，这上边没有木莓。树上有坚果，尝一尝坚果再走吧，你会忘了木莓的。"

约瑟夫从树上采了一些坚果，扔进篮子里。他朝松鼠先生挥手再见，并继续往前走。

他走进幽暗的森林，听见前边有声音，就慢慢地走过去。他发现一头黑熊坐在圆木上，吃着一些黏糊糊的东西。

"对不起，熊先生，在哪儿能找到木莓呢？"

"小男孩，我给你一些比木莓更好吃的蜂蜜。"黑熊微笑着说。

约瑟夫走近黑熊，把手往蜂蜜里蘸了蘸。那东西香甜可口，很好吃。

离开黑熊，约瑟夫一直没有找到木莓，只好回家了。

在妈妈的帮助下，约瑟夫用他的胡萝卜、坚果和蜂蜜，烤出了令人惊喜的美味馅饼。

果子粥

流火 / 著

你知道果子为什么要在秋天成熟吗?

不知道?

这都不知道!是因为要在秋天的林子里煮一锅果子粥呀!

收集林子里所有的落叶,把它们点起来!

吭哧吭哧抬来煮粥的那口大锅,把它架起来!

然后把红的果子、绿的果子、黄的果子、紫的果子……扔进锅里去!

然后把甜的果子、酸的果子、又酸又甜的果子……扔进锅里去!

然后我们把栗树的果子、把柿子树的果子、把苹果树的果子、把李树的果子、把葡萄树的果子、把面包树的果子……等等!你说的那些果子,有好多并不是秋天里成熟的

呀！……笨蛋！你不认得果子干？……把西瓜的果子扔进锅里，把草莓的果子扔进锅里，把番石榴的果子、把香榛的果子……继续扔到锅里去！全部扔到锅里去！！

把火烧得旺一些，让那金色的舌头使劲舔我们的锅！把锅盖抬过去盖上，别让扬起的土掉进我们的锅！

煮啊，煮啊，煮出一锅香浓的粥！煮啊，煮啊，煮出一锅果子粥！又香，又甜，又滑，又软，又烫！好一锅果子粥！！

站在林子边望了又望的旅人靠过来，可怜的人儿，他看起来又冷又累又饿。

"我可以喝一点粥吗？"

微弱的低语逃不过兔子的好耳朵。

"当然可以！"

他把刚从老熊手里接过的勺子抛给那旅人："自己来舀粥吧，你想怎么喝就怎么喝！"

"噢，"他又踮了脚朝那边喊，"喂，松鼠，请你给这位没有碗的老兄来一个干净的胡桃壳！"

又香，又甜，又滑，又软，又烫的果子粥！

喝足了粥干什么呀？喝足了有力气，到树上摘果子去，到树下捧叶子去！

又香，又甜，又滑，又软，又烫的果子粥！

吃饱了粥干什么呀？吃饱了真快活，把嗓子亮开，把手脚甩开，把你的琴儿拨起来！

又冷又饿又累的旅人，你吃饱了么，你喝足了么，你身上还冷么？你不冷啦，你不饿啦，你有劲啦！那就来，和我们一起来，你擅长唱歌，还是跳舞？或者你懂得什么乐器？再不然，你捡两块石头打拍子吧。

金色的秋天

美丽的秋天

温暖的秋天

香甜的秋天

呼啦啦我们最爱的秋天

金色的果子粥

可爱的果子粥

滚烫的果子粥

香甜的果子粥

呼啦啦我们爱喝的果子粥

呼啦啦，呼啦啦。

呼啦啦！呼啦啦！

是北风来啦！吹熄火堆，吹凉最后一点粥。

歌声停了。舞蹈停了。琴也停了。

只有谁还在笨拙地敲着拍子。咔。咔。咔。

大家仰了脸，看北风摘下树梢的最后一片叶子。大家埋下头，竖起衣领，低声说："回去吧，回去吧，没有粥了，秋天走了，我们去冬眠吧。"

呼啦啦，呼啦啦！

不是北风，是那旅人在唱。

咔咔咔，咔咔咔！

是他手里的石子在敲响。

咔咔咔！咔咔咔！咔咔咔！！

那声音越来越响！那声音越来越响！！

咔咔响的石子冒出火花来了！火，火又燃起来啦！

衣襟在北风里呼呼作响的旅人在大声喊：

"你们招待了我一个秋天！

你们给我喝最香、最甜、最滑、最软、最烫的果子粥！

现在让我来招待你们吧！

你们看我带来什么粥——"

树的枯黄枝干摇起来，树的枯黄枝干晃起来，有嫩芽冒出来，有绿叶长出来，呀，有花开起来！

风，他可还是北风？风把花瓣卷起来，让她们飘起来，飘到锅里去，飘到大大的锅里去！

风，弯下腰的风，把火吹旺些！风，长手臂的风，把灰吹远些！

咕嘟，咕嘟，这是一锅新的粥呀！咕嘟，咕嘟，又是一锅粥呀！

谁来第一个尝？兔子！就是你！长耳朵的兔子先生，把你的胡桃壳递过来，尝一尝吧。看这新的花瓣粥，是不是和那果子粥一样，又香，又甜，又滑，又软，又烫！

山谷里的片段

龙竞 / 著

草药汤

"汤啊……汤啊……这是一碗草药汤啊。"小兔坐在紫阳花树下唱。

"里面有什么？"小狐狸问道。

"有菊花。"小兔热情地兜售。

"呜，我不喜欢吃菊。"

"有蓍草。"小兔把蓍草举过头顶。

"呃……那个……能吃吗？"小狐狸快把头挠破了。

"蓼花呢，蓼花你喜欢吗？"小兔捞出一枝来，小心翼翼地问。

"可是妈妈让我来买兔子汤……"小狐狸为难地说。

"嗖"的一声，比眨眼还要短的时间，小兔就不见了。

开着满满紫阳花的大树下，小狐狸拿着大勺子捞捞这锅又捞捞那锅，不禁嘀咕："究竟哪种草药叫作兔子呢？"

四季煮的西番莲

春天了，小兔用长长的藤将砂锅捆了又捆。

小狐狸问："要煮粥吗？"

"我要煮西番莲。"

"好吃吗？"小狐狸的口水流到了脚后跟。

"你先回去吧，要煮好久。"小兔说。

"嗯！煮好了叫我哦！"小狐狸一蹦一跳地过了桥。狐狸洞在溪水另一边，树林里草最茂盛的地方。

"要煮到秋天，秋天记得来吃啊！"小兔隔着小溪大声喊。

"知道啦！"树林里远远传来小狐狸的回答。

鸟在树上咕咕叫："现在还是春天呀，春天呀，春天呀呀呀。"

夏天到了。

小狐狸褪了毛，换了一身薄衣服。

"西番莲煮好了吗？"

"秋天还没到。"小兔从门里探出头。

"啊，那秋天什么时候才到？"

"等到树叶黄，等到早上的草地走着觉得凉的时候再来吧。"小兔礼貌地关上门。

"现在还是夏天呢，夏天呢，夏天呢呢呢。"树上的知了啾儿啾儿地哼着夏之歌。

　　小狐狸看到小兔的窗台上开着花，种在破砂锅里的花儿呀美得像天边鲜亮的晚霞。

　　秋天了。

树叶黄了，草地凉了，小狐狸长出厚厚的毛，小兔要收拾过冬的粮食了。

"在家吗？"小兔嘭嘭嘭地敲着小狐狸家的门。

"嘿，在家吗？西番莲可以吃咯。"小兔的声音又尖又细，可是没人回答。

小兔在小狐狸家门口留了一片西番莲叶子就回去了。

过了小溪，小兔看到小狐狸在兔窝门口兜圈子。

"我等你一天了。"小狐狸可怜巴巴地说，"西番莲煮好了吗？"

"嗯，煮好了。"小兔卸下包袱，从里头掏出那口大砂锅。小兔把它摇一摇，从里头滚出一只、两只、三只、四只、五只、六只……整整十五只果子！

小狐狸和小兔坐在兔窝的院子里吃西番莲。

"煮了老久老久的西番莲,原来这么甜啊。"小狐狸赞叹。

小兔嘿嘿嘿地笑，把吃完的种子藏在小狐狸的衣服里。

冬天了。

下雪了。

小狐狸睡着了。

小兔睡着了。

"明年，明年还是一样拜托四季煮一锅好吃的西番莲给小狐狸吧。"小兔在梦里想。

从兔窝到小狐狸家，沿途的泥土下，只有从小狐狸衣服里落下的种子醒着。它们睁着眼睛，巴望着冰雪融化。等到冰雪融化，它们就可以发芽，长大，开晚霞一样的西番莲花，结出好吃的西番莲果子。

奇怪的花生

艾蒿 / 著

春天，小花鸡在菜地里种了花生。

不久，花生就发芽长苗了。不过，花生苗矮矮的。

小花鸡想：我把苗儿往上拔一拔，它们很快就长得高高的啦。

小花鸡刚拔起一棵苗儿，小山羊就叫她住手。

小山羊说："千万不能拔！要让花生苗自个儿长高，不然把根拔断了，苗会枯死的。"

小花鸡问："花生苗长不高，怎么办？"

小山羊回答："放心吧！苗儿自己会长起来，还要开花结果呢。"

不久，花生苗长高了一些，可老不开花。

小花鸡可着急了，她一口气跑到小山羊家里："我的花生老是不开花，是怎么回事呀？"

小山羊说："我也不知道，咱们去请教刺猬公公吧？"

　　刺猬公公说："小花鸡，你别着急！再过一段时间，花生就会开花的。"

　　过了几天，花生终于开出了美丽的小黄花。

　　小花鸡高兴极了，她把这个消息告诉了每一位好朋友。

　　秋天到了，小花鸡提着篮子去地里摘花生。

　　她在地里找呀找，没有看见一粒花生——每棵花生的茎上都是空空的。

　　花生在哪里呢？小花鸡"哇"地哭了。

　　听到哭声，大伙儿都跑来了："小花鸡，你为什么哭呀？"

　　小花鸡说："我的花生真奇怪，开了花，就是不结果。"

　　刺猬公公扒开松软的泥土。"嘿，瞧瞧，这是什么呀？"

　　"哈哈，是花生耶！"大家惊喜地叫道。

　　刺猬公公说："花生的果实是长在地里的，所以又叫'落花生'。"

　　"哦，原来是这样呀！"大家点了点头。

　　小花鸡说："大家一起来拔花生吧！随便吃哦！"

八、静悄悄的阁楼

——静悄悄的睡前时光

静悄悄的阁楼里，公猫夏文和六只老鼠在一起读书。

小老鼠的睡前故事讲了一个又一个，直到妈妈的一个吻才结束。

弗里德是一只爱睡觉的老鼠，冬天来了，睡觉的准备工作开始啦。

公猫克罗门是个钟表匠，最近他做了一桩不合算的买卖。

莫格吃了发酵的牛奶，结果变得比房子还大，大得足够挡住一场洪水……

本单元的主题是"猫和老鼠"。

这些故事温馨甜美，是很合适的睡前故事。

静悄悄的阁楼

（德国）埃文·莫泽尔 / 著

徐娟　秦爱玲 / 译

冬天，公猫夏文的大部分时间都是在暖气非常充足的屋顶的阁楼里度过的。他喜欢躺在那儿的吊床上读书。

同屋的还有六只老鼠，他们一点儿也不害怕公猫夏文，猫和老鼠一直和平地共处着。六只老鼠也爱读书，一天中的大部分时间他们也是捧着书度过的。

温暖的阁楼是读书的好地方，甚至连苍蝇和蛀虫也都在念袖珍昆虫小说；居住在屋梁上的蜘蛛已经好久没有织网了，她没时间织网，她正在学 ABC 呢！

屋顶的阁楼非常安静，让人觉得好像什么事情都不会发生，甚至会感到这里平淡无聊极了。

事实上，宁静中正蕴藏着精彩呢！这些读者都在作想象之旅。他们看见的很多地方是坐船、坐飞机都到达不了的！他们经历着各种冒险，见过许多奇异的场面，他们无所不至，没有什么东西可以阻碍他们的想象力！同时，他们又可以在

屋子里享受舒适和安全、温暖和温馨的生活，这样的日子真
是美妙极了。

小老鼠的睡前故事

卢颖 / 著

小老鼠要睡觉了，它想请妈妈讲个故事。

老鼠妈妈问："好呀，你想听蛋糕的故事，还是想听鱼的故事？"

小老鼠缩进被子里，说："我想听一个小孩的故事。"

老鼠妈妈有点吃惊："啊，是人的小孩的故事吗？"

老鼠妈妈从书架上取下一本书，书名叫作《小孩来了》。它先读了一个胆小的女孩被老鼠吓哭的故事，又讲了一个粗心的男孩被老鼠搬走生日蛋糕的故事。

小老鼠听得哈哈大笑。

"太好玩啦！"它叫起来，"我也想遇见一个小孩！"

老鼠妈妈说："宝贝，你以后肯定会看见小孩的。不过，你要机灵点，不能被他们抓住！"

"好的，妈妈，"小老鼠问，"这会儿，人的小孩在干什么呢？"

"夜深了，他们也该睡觉了。也许，正在听他们的妈妈讲故事吧！"

小老鼠好奇地钻出被子。

"他们听什么故事呢？"它的眼睛瞪得圆溜溜的，"他们也听《小孩来了》这本故事书吗？"

"当然不是啦，这本书是老鼠写的。人的小孩听的故事都是人写的。他们听各种各样的故事，有些故事还提到我们老鼠呢。"

小老鼠乐了。

"妈妈，我真想听听人的小孩在听什么故事！"

老鼠妈妈拧了拧小老鼠的胡子。

"宝贝，你长大一些就可以去历险了。不过，现在你该睡觉了！"

小老鼠只好躺下了，它请妈妈再读一个故事。于是，老鼠妈妈又读了个故事，故事的题目叫作《当小小老鼠遇见尖叫的小孩》。

这个故事既惊险又刺激，小老鼠听得紧张极了。它紧紧地抱住妈妈，等妈妈读到故事里的小小老鼠安全回家，跳进温暖的被窝，小老鼠才松了一口气。

小老鼠闭上了眼睛，它终于累了，想睡觉了。

　　老鼠妈妈笑眯眯地合上了书本，它轻轻地关了灯，轻轻地亲了一下小老鼠，然后，它轻轻地关上门——"晚安，小老鼠！"

七睡仙

（德国）埃文·莫泽尔 / 著
徐娟　秦爱玲 / 译

　　七睡仙弗里德是一只爱睡觉的老鼠。十一月初他就迁入了冬眠地。

　　为了绝对不被人打搅，他决定整个冬天都在地下度过。世界上没有谁比弗里德更爱睡觉了！对他来说，只要能睡觉，就是最大的快乐。

　　弗里德已经好几周没有上他的摆钟发条了。为了能长时间地在梦境中度过，他甚至把时针都取了下来。此外，他还大吃大喝了一顿，把自己的皮毛仔仔细细地梳理了一番，然后，刷了刷牙，钻进了他那柔软的床。

　　入睡之前，弗里德还仔细地端详了挂在摆钟旁边的画。这是一幅湛蓝安宁的夜景图，圆圆的月儿挂在天空上。这画使他心境平静，容易入睡。

　　最后，弗里德开始数灯罩上的花边。当数到第七个花边的时候，他已经合上了眼，很快，他就进入了一个深蓝色的、安详而甜美的梦乡。

爱面子的猫

公猫克罗门住在城外的一个山谷里，他是个钟表匠。

离山谷很远的地方，人们就能看到这儿住着一个钟表匠，而且是一个非常热爱自己职业的钟表匠。

因为钟表匠居住的稻草屋顶上有一口巨大的摆钟，钟盒子高高地耸立于空中。奇怪的是，钟盒子里住着一只老鼠。钟既不发出嘀嘀嗒嗒的声音，也不左右摆动。原来是猫有意让钟不响，以便老鼠能安静地睡觉。

钟表匠克罗门的房子周围堆放着各式各样的钟，就像汽车机械工厂里因损坏而被放弃的汽车残部件。

大多数时候，公猫克罗门坐在家门前日复一日地忙碌着，不厌其烦地修着钟表。他曾扬言：这世上还没有他不会修的钟表。事实上，克罗门在乡邻中也有很好的声誉，谁都知道他是个技艺精湛的钟表匠。

可有一次，公猫克罗门却碰到难题了。

有一天，来了一只黑猫，他带着一口破碎的沙钟来修理。当看到这口沙钟时，公猫克罗门吃惊地眯起了眼睛。然后他摇了摇头，继续干自己的活儿。

当黑猫再次问他能否修好沙钟时，克罗门说："这钟我可修不了，不过，如果你答应我不告诉别人，我可以送你一口好钟。"

克罗门可真是一只爱面子的怪猫。

黑猫自然同意了钟表匠的想法，他不花一分钱便得到了一口最好的钟。

如果你是钟表匠，你会怎么做呢？

面包房里的猫

（美国）琼·艾肯 / 著
舒杭丽 / 译

　　从前有一位上了年纪的琼斯太太，她养了一只猫，名叫莫格。琼斯太太在一个小镇里开了一家面包房，那个小镇就在两山之间的山谷下面。

　　每天早晨，镇上的人都还在睡觉，琼斯太太的灯就最先亮了。

　　琼斯太太起床后先把炉子生旺，再用水、白糖、酵母来和面，然后把面团搁在盆里，放到火边上去发酵。

　　莫格也起得很早，它起来捉老鼠。等它把所有的老鼠都赶出了面包房，就想卧到炉子边上暖和暖和。可是琼斯太太不让它上那儿去，因为面团正在那里发酵呢。

　　面团发得很好，又光洁又大，这都是酵母的作用。酵母使面包和蛋糕膨胀起来，越胀越大。既然不让莫格在炉子边上坐，那它只好到水池里去玩。

　　一般的猫都讨厌水，可是莫格不，它喜欢水，喜欢坐在水龙头边上，用爪子去打落下来的水滴，把水弄得满胡子都是！

琼斯太太说："莫格，你太淘气了。面团发得好好的，可你把水都甩到上面去了。快出去，到外边玩去。"

莫格觉得很委屈，耷拉着耳朵和尾巴（猫在高兴的时候会把耳朵和尾巴竖起来），走了出去。天上正下着倾盆大雨。

湍急的河水流过镇中心，河床里有很多石头，莫格蹲在水里找鱼吃。可是那段河里并没有鱼。莫格身上越来越湿，它没有在意。突然，它打了一个大喷嚏。

这时，琼斯太太开门喊着："莫格！我已经把甜面包放进烤炉了，你可以回来坐在火炉边上了。"

莫格坐到火炉边上，一连打了九个大喷嚏。

琼斯太太说："哎呀，莫格，你着凉了吧？"

她用毛巾把莫格的毛擦干，喂它喝了一点掺着酵母的牛奶。

她让莫格在火炉边上坐着，又动手做果酱面包了。等她把果酱面包放进烤炉，就带着雨伞去商店买东西。

可是你猜猜，莫格出了什么事？

酵母把莫格发起来了。

它在温暖的火炉边打瞌睡的时候，身体胀得越来越大。

起初它大得像一只绵羊。

后来它大得像一头驴子。

后来它大得像一匹拉车的马。

后来它大得像一头大河马。

这时候，琼斯太太的小厨房已经装不下它了，它个子太大了，根本走不出门去，把墙壁都撑裂了。

琼斯太太提着篮子和雨伞回家一看，不禁大叫起来："天哪！我的房子怎么了？"

整座房子都膨胀起来，歪七扭八的，厨房窗户里伸出粗大的猫胡子，大门里伸出橘子酱色的大尾巴，白爪子从卧室

里的一个窗户伸出来，另一个窗户里伸出带白边的耳朵。

"喵——"莫格睡醒了，伸了一个懒腰。

这一来，整座房子都塌了。

"哎呀，莫格！"琼斯太太叫道，"看看你干了些什么！"

镇上的人们看到这情况非常震惊，他们让琼斯太太搬到镇公所去住，因为他们都非常喜欢她和她的甜面包，但是他们对莫格可不大放心。

镇长说："它要是没完没了地长，最后把镇公所也撑破了怎么办呢？要是它变得非常凶暴怎么办呢？它住在城里是很不安全的，它太大了。"

琼斯太太说："莫格是一只很温和的猫，它不会伤害任何人的。"

镇长说："那咱们再等等看吧。要是它一屁股坐在人头上怎么办呢？它饿了怎么办呢？给它吃什么呢？最好还是让它到城外去，到山上去住。"

人们都叫嚷着："嘘！滚！呸！嘘！"于是可怜的莫格被赶出了城门。雨下得那么大，山上的水冲下来。莫格倒不怕这个。

然而可怜的琼斯太太伤心极了，她在镇公所里又和了一块面，眼泪流进去，面团变得又软又咸。莫格走进了山谷，这时候它已经胀得比大象还大了——几乎有鲸鱼那么大！山上的绵羊看到它走来，吓得要死，飞奔着逃命去了。莫格可没注意到它们，它正在河里捉鱼。它捉了好多好多鱼！心里真快活。

雨下得太久了，莫格突然听到山谷上边传来洪水的咆哮声，巨大的水墙向它扑来。河水泛滥了。越来越多的雨水灌进河里，从山上奔流直下。

莫格心想：我要是不把水拦住，那些好吃的鱼就都会被冲走。

于是它一下子坐到山谷中间，把身体伸展开，活像一块又大又胖的大面包。

洪水被挡住了。

城里的人们听到洪水的咆哮声，害怕极了。镇长大声喊道："趁着洪水还没冲到城里，大家都跑上山去，不然我们全都会被淹死！"

于是大家都往山上跑，有人跑到这边山上，有人跑到那边山上。

他们看到什么了呢？

哦哟，莫格在山谷中间坐着，它身后是一个大湖。

"琼斯太太，"镇长说，"你能不能让你的猫先待在那儿别动，好让我们在山谷里修一条水坝，把洪水挡住？"

"我试试吧。"琼斯太太说，"在它下巴底下挠挠，它就会老老实实地坐着。"

于是大家轮流用干草耙在它下巴底下挠，一直挠了三天三夜。莫格高兴地呜呜叫着，叫着，它的叫声掀起了一个巨浪，从洪水湖上滚滚而过。

这些天，最好的工匠们不停地在修一座横跨山谷的特大水坝。

人们还给莫格带来各种各样好吃的东西——一碗碗的奶油、奶酪、肝、腌肉、沙丁鱼，甚至还有巧克力！可它已经吃了好多鱼了，所以并不太饿。

到了第四天，水坝修好了，城市安全了。

镇长说："现在我认为莫格是一只很温和的猫，它可以同你一起住进镇公所了，琼斯太太。把这个奖章给它戴上。"

奖章上有一条银链子，可以挂到脖子上。上面刻着：莫格救了我们的城市。

从那以后，琼斯太太和莫格就快活地住在镇公所里。

九、风吹过石头房子

——慢慢收获成长的细节

　　兔子去散步，一阵风似的跑到了小树林，却错过了一路风景。

　　安静的风慢慢吹过石头房子，石头房子闻到了生活的气息。

　　树上怎么会有皮毛呢？如果你耐心地等待，就能找到答案……

　　本单元的主题是"慢慢"，慢慢地成长，慢慢地欣赏，慢慢地寻找答案。试一试，用比平时多十倍的时间，走一段你们经常走过的路，你会找到许多你不曾留意的细节。而美好的细节，能丰富我们的生命。

兔子去散步

顾鹰 / 著

兔子做事总是有点急匆匆，她像风一样地走路，一会儿就从树林里跑到了山坡上；她"咔嚓咔嚓"地啃胡萝卜，鼹鼠才咬了一小段，兔子的胡萝卜就没了。

"今天天气真好我要去种胡萝卜，明天下雨不可以出门，下雨天出门要带伞不然会被雨淋湿。"兔子说话你得特别留神听。因为一不小心，你刚听见第一句，兔子已经把所有的话都说完了。

晴朗的天气里，大家一起去散步。兔子蹦蹦跳跳地跑着，一会儿就跑到了队伍的第一个，接着很快就把大家丢在了后面。

"兔子，等一等！"大家都在后面喊她，但兔子早跑得没有影子了。

兔子翻过了一片山坡，在一片小树林中停下来。"我是第一名！"她很得意地在地上翻了几个跟头，接着她坐在地上等大家。可是左等右等，大家还没到。最后兔子睡着了。

"兔子，醒醒！"兔子被推醒了。

"兔子，草地上的花好美啊！红的、绿的、黄的、紫的……
我好像看到了一个彩色的世界，真是一次愉快的散步！"乌
龟快乐地说着。

"兔子，山坡上有一群蚂蚁在搬家，好长好长的一支队
伍，我还和其中的一只蚂蚁握了手，真是一次有趣的散步！"
蜗牛快乐地说着。

"兔子，树林边有两只松鼠在吵架，一只蹿上了树梢，

一只跳到了地上，就像在跳蹦蹦床，最后他们又全回到了树枝上，亲热地抱在一起吃松果，真是一次滑稽的散步！"青蛙和田鼠快乐地对兔子说。

"兔子，你跑得这么快，说说你看到了什么！"大家一起对兔子说。

"我，我……"兔子抓抓头，"我什么也没看到，但是我散步得了第一名，还做了一个梦！"

"哈哈哈！哈哈哈！"大家都笑了，兔子也笑了。

"或许下次散步的时候，我可以走得慢一点。"兔子想。

风吹过石头房子

周静 / 著

山顶上，有一栋小小的石头房子。石头砌的窗，石头筑的门。小小的石头房子脾气倔强，每天冷峭的山风呼啸而过，他动也不动。

一天，阳光特别明亮，暖融融的，竟然照得坏脾气的山风也睡着了。

四周静悄悄的。

小小的石头房子第一次享受到宁静的美妙。

突然，屋檐痒痒的，他忍不住笑起来，震落了几颗小石子。

"你是谁？"石头房子问。

"我是从山谷来的微风。"一缕透明的微风高兴地回答。他的声音轻轻的，像阳光一样明亮。

"山谷来的风？"石头房子疑惑了。

"张开你的鼻子。"山谷的风说。

石头窗子动了动。

空气里，弥漫着奇妙的气息。石头窗子变得更大了，石头房子从没闻到过这么美妙的气味。

"这是原野上紫色薰衣草的香味，山坡上野百合的气息，篱笆边蔷薇花的味道。这是花奶牛从干草堆里蹭过的味道，刚洗过澡的牧羊犬散发的气味，还有绵羊的味道，他们每次钻过灌木，就会挂一身的小刺球……"山谷的风高兴地说着。

石头房子听得入迷了。山谷真好，有那么多美好的气味。他生活的山顶，除了石头，就是潮湿的云雾。

"这是什么味道？"石头房子闻到一种香喷喷的、温暖的气息，不由得把窗子张得像门一样大。

"哦，炊烟！这是从房子里飘出的气味。"山谷的风仔细分辨着，"闻，面包烤好了，刚煮好了玉米粥……"

"房子里飘出的气味！"石头房子激动起来，"从我的肚子里也能飘出这样的气味吗？"

山谷的风仔细看看这栋石头房子，满意地说："当然，你算得上是一栋好房子。"

毛蓬蓬的树

世上有各种各样的树——粗的，细的；高的，矮的；直的，弯的。在山里，还能看见有毛的树！你看见这种树时，会不相信自己的眼睛。你走到跟前去，摸一摸，真的是毛茸茸的。树干下部像兽皮一样有毛，简直可以剥下一块带毛的皮来呢！

你不妨想象一下：你从树上剥下一块毛皮，做了顶皮帽子，或者暖和的皮背心，或者缝制了一双暖靴。

你站在那儿，抚摸着毛蓬蓬的树，就像摸一条狗似的。软绵绵，毛烘烘……

假使你躲在这样一棵蓬毛树旁边，耐心地待到天黑，那就可以看破它的秘密了。从岩石上下来一只野山羊，走到一棵枯树旁……它把身子靠了过去，开始蹭啊蹭！春天它脱毛，冬天的毛一团团挂身上，所以它在树皮上蹭掉那些毛团儿。

一只野山羊蹭了一阵，第二只野山羊蹭了一阵，第三只野山羊又蹭了一阵……于是树上就"长"满了毛！蓬毛树立在那儿，谁看见，谁感到奇怪。

森林是什么

（苏联）尤·德特里耶夫 / 著

　　从前有一位画家。有一天，这位画家想画一座森林。他想："什么叫森林呢？森林就是树！"他拿了画笔，调好颜色，开始画画。他画了桦树、白杨树、柞树、松树、云杉树。他的树画得像极了。看上去好像只要刮过一阵小风，白杨树的叶子就会抖动，松树和桦树的树枝就会摇晃起来似的。

　　画家在这张画的角上，画了一个有大胡子的小人儿。他说，这是童话里的林中小老人。

　　画家把画挂在墙上，欣赏了一会儿，就走了。等他回来的时候，发现画上的碧绿碧绿的松树和郁郁葱葱的桦树都变成了枯树干。

　　"出了什么事情？"画家惊讶地说，"为什么我的森林枯死了？"

　　"这叫什么森林呀？"画家忽然听见有人说话的声音，"这儿光有树。"

　　画家仔细看看画，就明白了，是林中小老人在跟他说话，小老人接着说："树，你倒画得不错，可是我没看见森林。森林里光有树怎么行呢？灌木、青草、野花都在哪儿呀？"

"你说得对，"画家同意道，"没有光长树的森林。"

他开始画一张新的画。他又画了一些树，这回树显得更漂亮了，因为旁边有同样好看的灌木衬托着，地上是青草，青草地上有各种颜色的野花。

"现在好了，"画家自夸道，"这回我画了一座真正的森林。"

但是过了一会儿，树木又开始干枯。

"这是因为你忘了画蘑菇。"小老人说。

"可不是嘛！我忘了画蘑菇。"画家同意道，"不过森林里是不是非有蘑菇不可呢？我到森林里去过很多次，并没有常常找到蘑菇。"

"你找不到，并不等于没有。森林里一定会长蘑菇的。"小老人说。

画家画上了蘑菇。

可是树木继续枯死。

"因为你的森林里没有昆虫，"小老人说，"所以树木就枯死了。"

画家拿起画笔，于是在花朵上、树叶上和青草地上出现了五彩缤纷的蝴蝶和各种颜色的甲虫。

"行了，这回全画好了。"画家心想。他又欣赏了一会儿自己的画，就走了。

等他再看见自己的画时，简直不相信自己的眼睛了：画上的茂盛的青草地和野花都不见了，露出光秃秃的地面，树木像在冬天一样，完全没有树叶了。甚至比冬天还糟。冬天的松树和云杉不还是一片深绿吗？可是在这里，松树和云杉的针叶全不见了。

连小老人都退到了画的紧边上，眼看就要掉下来似的。他满脸悲伤。

"昆虫把整个森林给吃光了！"小老人说，"连我都差点让它们给吃掉了。如果你不画鸟的话，那你就永远也画不出真正的森林。因为真正的森林是不能没有鸟的。"

画家又拿起画笔，调好颜色。他画了乔木和灌木，在地上铺了茂盛的青草，还点缀上一些颜色鲜艳夺目的野花。他巧妙地把蘑菇藏在树底下和草丛里，在树叶和野花上画了一些蝴蝶、甲虫、蜜蜂和蜻蜓，树枝上出现了活泼的鸟儿。

画家画了很久，尽力设法什么也不忘记。最后，他认为画已经画完了，刚想放下画笔，小老人说：

"我挺喜欢这座森林。我不希望它再枯死……"

"它怎么还可能枯死呢？这儿什么都有了。"

"还缺点东西。"小老人说，"你应该画上癞蛤蟆、青蛙、蜥蜴。"

"我不画！"画家坚决地说。

"你必须画！"小老人果断地说。

画家只好画上了癞蛤蟆、青蛙和蜥蜴。他画完时，天已经黑了。画家想点灯看看自己画得怎样，这时他忽然听见一阵窸窸窣窣声、吱吱叫声、打响鼻声。

"这回是一座真正的森林了，"小老人在黑暗里说，"这回它死不了啦。因为这儿什么都有了：有树木、青草、野花、蘑菇、动物。这才是森林。"

画家点上灯，仔细看看画。但是小老人不知去向了。也许他躲在深草里了，或者藏在灌木丛里了。也许他爬到树上去了，有茂密的树叶挡着他，看不见了。在森林里，他有的是地方可以躲藏。

森林里有成千上万的秘密，人只能识破其中的极少数。森林里还有一些非常像真事的美妙的童话，也有一些非常像童话的真事！

十、鲸鱼在唱歌

——爷爷奶奶有办法

奶奶讲了一个故事。莉莉顺着故事的指引，听到了鲸鱼的歌声。

有了奶奶的支持和爷爷的指导，"我"坐在溪边听青蛙歌唱。

本单元的主题是"爷爷奶奶有办法"。

他们能指引我们找到美好的事物和生活方式。

鲸鱼在唱歌

（英国）黛安·雪登／著
漪然／译

莉莉的奶奶给她讲过一个故事。

"很久以前，"奶奶说，"大海里住满了鲸鱼，它们像山峰一样巨大，它们像月亮一样安静。它们是你能想象出的最神奇的生命。"

莉莉安静地伏在奶奶的膝盖上。

"从前我常常坐在码头最前面，想听到鲸鱼的声音，"奶奶说，"有一次，我在那儿坐了一天一夜。忽然之间，我就看见它们从几米之外的海上向我游来。它们在波浪间穿梭，就像跳舞一样。"

"可它们怎么知道你在那儿呢，奶奶？"莉莉问道，"它们怎么才能找到你呢？"

奶奶微笑着，说："哦，你必须给它们带一些特别的东西，一个完整的贝壳，或者一块漂亮的石子。如果鲸鱼们喜欢你的话，它们就会收下你的礼物，并且给你一些东西作为回报。"

"它们会给你什么呢,奶奶?"莉莉问,"鲸鱼给了你什么礼物呀?"

奶奶叹了口气。"有那么一会儿,"她悄声说,"有那么一会儿,我听见它们在唱歌。"

莉莉的叔叔福雷得里克在房间里跺起脚来。

"你就会说这种老掉牙的蠢故事!"他嘲笑道,"鲸鱼的重要性在于它们的鱼肉、鱼骨和鲸油。要是你非要和莉莉说点什么,那也得告诉她一点有用处的事情吧。别在她脑袋里面塞满胡思乱想了,鲸鱼在唱歌?才怪!"

"鲸鱼的存在要比轮船、城市,甚至人类的存在还要早几百万年呢,"奶奶继续说着,"人们从前总说它们是有魔法的。"

"人们从前总是吃它们的肉,用它们来熬油!"莉莉的叔叔一边嘟哝着,一边转身向花园走去。

莉莉梦见了鲸鱼。

她在梦里看见了它们——就像山峰一样巨大,就像天空一样湛蓝。她在梦里听见了它们的歌声——那声音就像风声一样。在梦里,它们跳上海面,呼唤着她的名字。

第二天清晨,莉莉去了海边。

她去了一个没有人钓鱼、没有人游泳、也没有人划船的地方。她独自走到老码头的前面。一片水面空阔而安静。她从口袋里掏出一朵小黄花,把它丢进了水中。

"送给你们的。"她对着空气喊道。

莉莉坐在码头的顶端，等啊等。

她从清晨等到黄昏。

当夜幕降临的时候，福雷得里克叔叔走下山坡来找她了。

"这件蠢事就到此为止吧，"他说，"回家去，我可不会让你一辈子都这么想入非非的。"

那天夜里，莉莉忽然醒了。

屋里洒满了皎洁的月光，她坐起身，倾听着。整个房子里面静悄悄的。莉莉翻身下床，走到窗户前面。她能听见从远方，从山的另一边传来的某种声音。

她跑了出去，跑向海边。当她看到海的一瞬，她的整个心都在怦怦直跳。

在海洋上有一群庞然大物，那是鲸鱼们。

它们蹦呀，跳呀，从月亮前穿梭而过。

它们的歌声响彻夜空。

莉莉看到她的小黄花在水沫上舞蹈。

几分钟，或者几个小时过去了。

忽然，莉莉感到她的睡衣在微风中飘动，她的脚指头被寒冷刺痛了。她微微颤抖着，揉了揉自己的眼睛。这时，大海看起来又恢复了平静，夜晚黑暗而沉默。

莉莉想，自己一定是在做梦吧。她站了一会儿，就转身往家里走去。这时，从很远很远的某处，透过风儿的一缕呼吸，她听到一个声音。

"莉莉！莉莉！"

那是鲸鱼们正在呼唤她的名字。

在溪边听青蛙唱歌

（美国）佛瑞斯特·卡特 / 著
姚宏昌 / 译

我在溪中开心地拍打着水花。几乎把全身都给弄湿了，但是奶奶从不说什么。查拉几人从不会因为自己的孩子和大自然玩耍而责骂他们。

我常常溯着山涧而上，涉过清澈的溪水，弯着身子穿过岸旁低垂的杨柳形成的绿色帘幕，寻找溪流的源头。水蕨像是绿色的蕾丝花边镶在曲折的溪畔，提供了小雨伞蜘蛛落脚的地方。

那些小家伙把自己的细丝一端系在水蕨上，然后纵身往空中跳去，尝试让自己越过小溪，落在对岸的水蕨上。如果它办到了，它会把细丝再系到水蕨上，然后往回跳，就这样来来回回地跳着，直到自己搭成一面闪着珍珠光泽、横跨小溪两岸的网为止。

我就这么顺着溪流穿过山谷，慢慢地了解它真正的面目。滨燕的巢像口袋一样一个个挂在杨柳的枝条上，它们总是在我身边飞来飞去骚扰我。直到它们开始熟悉我的存在，才安分地留在巢里，只伸出个脑袋来叽喳地交谈着。沿着溪岸处处都可以听见蛙鸣，但是每当我移近至声音的来源，青蛙们一下子就跳走了。后来爷爷告诉我，青蛙能感觉到人走路时大地的震动，我才明白为什么会这样。爷爷还教我查拉几人的走路方式一脚跟悬空，只有脚趾着地，然后用靴子轻轻地在地上滑行。我一下子就学会了，而且从此以后我可以和青蛙并肩坐着，它还会一边唱歌呢！

最好的礼物

（美国）E. 雷尼·海斯 / 著
王世跃 / 译

"一头奶牛？你弄来一头奶牛给我做生日礼物？"当奶奶看到我从农场带来的东西时，吃惊地举起了双手。

"您说过，想要能给您做伴的东西。我知道，您爱喝牛奶。"

"我哪有养牛的地方啊。"奶奶说。

我打量了一下院子，不能不同意奶奶的说法。于是，我把奶牛牵走了。

几天后，我带着一件不同的生日礼物又来了。

"一头猪？你现在给我牵来一头猪！"她又把双手高高举起来，"我不知道怎样照料一头猪！"

"猪比奶牛小多了。"我争辩。

"你的猪我不能要，不过，这想法我挺欣赏。"奶奶说。

几天后，我从农场带来另一件礼物。这次我敢肯定，我给奶奶带来了很好的礼物。她笑着，又一次把双手举得高高的。

　　"一只鸭子？那我得在后院挖一个池塘给鸭子用了。"
奶奶解释说。

　　"对不起，奶奶。"我说，"下次，我肯定会给您带来
最好的礼物。"

　　这一次，我按响门铃，奶奶没有把双手高高举起。当看
到带来的礼物时，她高兴得叫出声来。礼物上，缠着一条大
红缎带。

　　"这件礼物能给我做伴儿。"她说，"对于我的院子来
说不太大，也不难照料，还不需要在后院挖一个池塘。这是
最好的！"

　　奶奶微微一笑，双手搂住她最好的礼物——我！

小茶匙老太太

一天晚上，一位老太太像普通的老太太那样上床去睡觉。第二天早晨，她像普通老太太那样醒来，却变得跟一把茶匙一样小了。

这一天，老太太正好有很多活要干。第一，要打扫屋子；第二，要洗的东西堆积如山；第三，中午吃的饼得煎起来。

"不管怎样，总得下床啊。"老太太说着，想办法下了床。

现在她要打扫屋子了，这倒好办。老太太走到老鼠洞口蹲下来，吱吱叫。

老鼠出来了。

"老鼠啊老鼠，你替我把屋子从这个角落到那个角落全打扫干净，"老太太说，"要不然，我就去告诉猫。"

老鼠于是把屋子从这个角落到那个角落全打扫干净了。

接着，老太太去叫猫："猫啊猫，你给我把杯子、盘子都洗干净，要不然，我就去告诉狗。"

猫于是把杯子、盘子都洗干净了。

接着，老太太去叫狗："狗啊狗，你给我把床收拾干净，把窗子给打开。等你做好，我送给你一根大骨头。"

狗于是按照老太太的吩咐去做。做完以后，它来到门外的台阶上，使劲摇它的尾巴，把台阶擦得像镜子一样闪闪发亮。

"你自己去拿骨头吧，"老太太说，"我可没工夫照顾你。"

老太太说着指了指窗后，那儿真的放着一根大骨头。

接着，要洗衣服了。

要洗的衣服早就放在洗衣桶里，可是桶里没有水。老太太在桶边蹲下来，开始叽里咕噜发牢骚："我都活了几十岁了，还没见过干成这样的。现在要不马上下雨，地里就要干旱，疾病就要流行了。"

老太太把这几句话说了一遍又一遍，雨终于哗哗地下起来，决心要把老太太淹没。可是老太太已经躲到了一棵乌头草的叶子底下坐着。雨沙沙地落到洗衣桶里，把衣服全部冲洗干净了。

老太太又叽里咕噜发起牢骚来："我都活了几十岁了，还没见过像现在这样小气的南风。虽然我都变得像小茶匙那么小了，但南风也不能把我给吹起来。这准错不了。"

南风听了老太太的话，呼地一下吹过来。老太太这时候早钻进了一个空的獾洞。她在洞里舒舒服服地躺着，看南风使劲把洗好的衣服全部吹起来，吹到绳子上挂着。老太太跳出来，一把抓住最后一块枕巾，和枕巾一起飞起来，穿过开着的窗子，飞到房子里去了。

这时候，老太太又发牢骚了："我都活了几十岁了，过去太阳有时候还露露脸，可如今呢，太阳连露脸的力气也没有了，这准错不了。"

太阳一听这话，顿时气得火冒三丈："我一定要叫老太婆受不了！"它放射出炙热的阳光。

这一来，老太太忙跳上咖啡碟，在那上面悠闲地散步。就在这时候，生完气的太阳把晾着的衣服全晒干了。

哎呀，中饭还没做呢！再过一个钟头，老头子就要收工回家了。在他回家之前，老太太得煎好三十张饼。

怎么办呢？

老太太预先已经和好了做煎饼的面，放在罐子里。

这时候，她坐在罐子旁边说话了："罐子啊罐子，我一向喜欢你，总对大家说：'像这样好的罐子是哪儿都没有的！'如果你还把这些记在心里的话，你就赶快到灶那儿去，一转开关，把火生起来。"

罐子照老太太的话做了。

老太太又说话了："买这个煎锅的情景，我绝对忘不了。当时店子里煎锅多的是，可我对店里的人这么说——'你头顶上挂着的那口煎锅非得卖给我'。像这样好的煎锅，世界上再也没有了。什么时候我遇到麻烦，这煎锅一定会自己飞到灶上去的。"

　　煎锅于是像老太太说的那样飞到灶上。等到煎锅够热了，罐子马上倾斜过去，把和好的面一点一点倒在煎锅里。

　　接着，老太太又说话了："过去的书上说，煎饼会滚着走路，这看来完全是胡说八道。比方说这口煎锅里的煎饼吧，如果它们认为做得到，就会自己飞起来，翻个身。这准错不了。"

煎饼一听，十分得意，像老太太说的那样飞起来，翻个身。

老太太把同样的话说了一遍又一遍，不知不觉煎锅煎出了三十张饼，一张一张叠起来。

不久，老大爷回家了。他推开门的时候，老太太突然又变回来了。他们一起坐下来吃煎饼，真香啊！